BRIC-A-BRAC

RECUEIL

DE

POÉSIES LÉGÈRES

PAR

CL. TEISSONNIER

Sous-Officier au 2ᵉ Régiment de Cuirassiers de la Garde.

Ni duc, ni comte ou baron,
Heureux de mon sort, je chante,
Et mon Écu ne présente
Qu'un humble et triple chevron.

PARIS

IMPRIMERIE DE GEORGES KUGELMANN

13, RUE DE LA GRANGE-BATELIÈRE, 13,

—

1862

BRIC-A-BRAC

BRIC-A-BRAC

RECUEIL

DE

POÉSIES LÉGÈRES

PAR

CL. TEISSONNIER

Sous-Officier au 2ᵉ Régiment de Cuirassiers de la Garde.

Ni duc, ni comte ou baron,
Heureux de mon sort, je chante,
Et mo. Ecu ne présente
Qu'un humble et triple chevron

PARIS,

IMPRIMERIE DE GEORGES KUGELMANN
13, RUE DE LA GRANGE-BATELIÈRE, 13

1862

PRÉFACE

—

Lecteurs entre les mains desquels ce volume tombera, n'allez pas croire que je m'abuse sur le mérite de mes faibles poésies en les livrant à l'impression ; je ne pensais même pas, lorsque je les ai faites, qu'elles fussent jamais dignes de voir le jour, et si j'en avais fait un recueil c'était uniquement pour ma satisfaction personnelle. Plusieurs de mes amis m'ayant engagé à les faire imprimer, je me suis décidé à les faire paraître, dans l'espoir que ce serait toujours un moyen de me rappeler au bon souvenir des nombreux camarades que j'ai rencontrés dans le courant de ma vie militaire. C'est donc à eux que je recommande ces humbles productions de ma plume, en les priant d'user d'indulgence à leur égard.

Je demande pardon d'avance pour les traits satyriques que l'on peut y rencontrer à l'adresse de mes supérieurs : d'abord je ne nomme personne et les intéressés eux-mêmes en ayant pris connaissance ont été les premiers à en rire.

Lisez mon ouvrage sans en faire la critique, il y aurait trop à redire, et, si quelques-uns des sujets qu'il renferme peuvent vous amuser, j'aurai obtenu l'unique but que je me propose.

C. TEISSONNIER.

PROLOGUE

—•

Non gloria, sed amicis collecti.

Petit recueil! toi que dans mon loisir,
Ma plume si capricieuse,
De ses caquets souvent a pu remplir,
Suivant qu'elle est triste ou rieuse ;

Tes vers, pour moi, ce sont de bons amis
Gémissant lorsque je soupire
Et quand la gaieté vient dissiper mes soucis
Avec moi je les vois sourire.

Bien cher Recueil! à qui te dédier?
Je ne crains guère la critique,
Je ne veux point par mon talent briller,
Ma Muse est trop simple et rustique.

Chaque sujet est tel qu'il fut conçu,
Enfant de ma tête légère,
Et mon espoir point ne sera déçu
Si l'on riait de ma misère.

Ce n'est point vous, Esprits audacieux !
Dont j'invoque le témoignage ;
Ce n'est point vous, dont le vol est aux cieux,
Qui pouvez goûter mon ouvrage !

Cœurs généreux et simples à la fois
Qui témoignez un peu d'estime
A l'humble auteur, c'est à vous que je dois
Recommander ma faible rime.

Allez mes vers ! allez insouciants,
Partout bravez le méchant dire !
Vous trouverez des amis bienveillants
Qui vous donneront un sourire.

LE PRINTEMPS (Caprice)

—

C'est la première journée
Du printemps à son berceau,
Quand la nature étonnée
D'hiver quitte le tombeau ;
L'insecte sort de la terre.
Pour commencer ses travaux ;
Le vent qui pleurait naguère
Rit au travers des rameaux.

Plus de bise dans la plaine,
De neige dans les sillons,
Car le soleil nous ramène
La chaleur sur ses rayons ;
Tout s'agite, tout s'empresse
Pour célébrer son retour,
Que d'honneurs, à cette Altesse,
Dont l'univers est la cour !

Aux arbres pas de feuillage
Encor, mais de frais boutons ;
Du jaunissant paturage
On voit reverdir les tons,
Et la timide Fleurette,
Dans son coin bien abrité,
A commencé sa toilette
Pour nous prédire l'Eté.

Tout brille dans la nature !
Il ne reste de l'hiver
Que des pins la chevelure,
Triste ombrage toujours vert !
Qui semble dire : en ce monde
« Ephémère est le bonheur !
« Le plaisir fuit comme l'onde,
« Seule reste la douleur ! »

Dans le val et sous le chêne
Narguant du gel le courroux,
Le ruisseau brise sa chaîne
Gazouillant sur ses cailloux ;
Il s'en va limpide, alerte
Au Fleuve dire bonjour,
Aux fleurs de sa rive verte
Il passe en faisant la cour.

Voletant de branche en branche
L'oiseau, petit maître, fait
Sa toilette du dimanche
Du bec lustrant son duvet ;
Puis le babillard se pose
Au soleil, sur un buisson,
Et jette au passant morose
Les perles de sa chanson.

Aventurier intrépide,
Trompé par un chaud rayon,
Quittant sa retraite humide
Déjà vole un papillon ;

Las ! un seul jour il peut vivre
Et se mirer radieux ;
La faim, ce soir, ou le givre
Feront périr l'orgueilleux.

A votre printemps, jeunesse !
Semblable à ce papillon,
Des plaisirs remplis d'ivresse
Vous séduit le tourbillon ;
Les déceptions cruelles
Toujours le suivent de près ;
Quand on a perdu ses ailes
On marche avec les regrets.

C'est en vain que je sermonne
Vos vingt ans ! soyez joyeux.
Sur votre front qui rayonne
Point de voile soucieux !
« Le Printemps, comme notre âge,
» Est la saison des amours !
Dites-vous ! on sera sage
» Quand auront fui les beaux jours. »

Prudence ! sur toutes choses,
Laissez-moi vous conseiller ;
Prenez le parfum des roses
Sans pourtant les effeuiller ;
Usez de votre jeunesse
Sans épuiser l'avenir,
Car, sachez qu'à la vieillesse
Seul reste le souvenir !

SOUVENIR D'UN JOUR

—

Petits gants! souvenir d'un seul jour de bonheur,
D'un rêve dont trop tôt s'est éveillé mon cœur,
Je vous conserverai, car vous me venez d'Elle!
Sans vous, sa blanche main n'en était pas moins belle,
Mais elle vous aimait : moi, je vous aime aussi!
Restez là! sur mon sein, pour calmer mon souci!
Hélas! depuis ce jour je ne l'ai point revue,
Elle a blessé mon cœur, puis elle est disparue!
Moi j'y pense toujours, car déjà je l'aimais;
Fol amour! dont l'espoir n'est que de vains regrets!
Pauvres gants orphelins! vous aurez ma tendresse;
De vous et de mon cœur elle fut la maîtresse.
Peut-être un jour aussi! si jamais, plus heureux,
Le destin moins cruel la ramène à mes yeux,
Vous lui serez rendus; alors, à sa pensée,
Vous pourrez rappeler ma mémoire effacée;
Combien un souvenir d'elle me sera doux!
Merci! chers petits gants! car je l'aurai par vous!

DÉPART EN SEMESTRE

—

Je pars ! je vais revoir mon clocher, mon village !
Adieu ! pays charmant qui garde mes amours !
Regrets soyez moins vifs, ce n'est pas pour toujours !
Pour pouvoir m'éloigner laissez moi du courage !

Adieu ! sombre château (1) ! confident de ma peine
Adieu bois où le soir je m'égarais rêveur,
Murmurant un refrain d'amour et de bonheur.
Oh ! comme d'Elle alors ma pensée était pleine !

Adieu donc ! Champ de Mars ! adieu, grande avenue !
Si belle aux jours de fête, où, lorsqu'il était tard,
Portant plein d'espérance un inquiet regard,
Je découvrais dans l'ombre une forme connue.

Et toi, charmant bosquet ! aux tendres symphonies
Que tant de fois, joyeux, en dansant j'ai foulé,
Où rapide le temps s'est toujours envolé,
Moi, près d'elle, enivré d'amour et d'harmonies.

Reçois, reçois aussi mes regrets, mes adieux,
Le triste hiver bientôt te rendra solitaire.
Que tu seras désert ! de mon cœur au contraire
L'absence, ni l'hiver n'éteindront pas les feux !

Adieu donc, beau Séjour ! les lieux de ma naissance
Sur toi que j'aime tant peuvent seuls l'emporter :
Je ne suis point ingrat ; si je dois te quitter
Car pour Elle, mon cœur, te reste en mon absence.

(1) Château de Vincennes.

SAGES AVIS A MOI-MÊME

—

Plus d'un qui pourrait bien ici se reconnaître
De vaincre l'habitude on est toujours le maître?

Te voilà! d'où viens-tu? sans doute du café!
Ou chacun te connait pour un joueur fieffé ;
Dans ton léger cerveau quand viendra la sagesse?
Tu vois fuir loin de toi les jours de ta jeunesse
Sois enfin raisonnable, écoute mes avis,
Ils pourront t'éviter grand nombre de soucis.
Crois moi; sans devenir un Caton, un Descartes,
Fuis désormais le jeu, le billard et les cartes,
En un mot le café! Ce n'est plus de saison,
A ton âge être enfant; Ecoute la raison!
Quel démon chez l'Anglais, chaque jour te ramène
Comme l'on voit le soir un imprudent phalène
Se mirer au flambeau qui lui donne la mort,
Ainsi tu cours toi-même au-devant de ton sort.
Quel si puissant attrait et te charme et t'abuse
Pour en agir ainsi? Crois tu que l'on s'amuse
A pourrir tout le jour dans un estaminet,
A l'entour d'un billard ou devant un jacquet
Poussant billes et dés? Lors même que la chance
Se déclare pour vous, que toute la dépense
Au grand livre n'a pas noirci votre feuillet,
Néant est le profit et bien clair et bien net.

Mais, la plupart du temps, pour gagner une tasse,
L'écot de vos amis sur vous tombe et s'amasse,
On s'acharne, l'on perd, on s'enfonce, le soir.
Il faut régler le compte et passer au comptoir ;
Puis on va se coucher mal à l'aise et maussade,
On ne peut s'endormir, on est presque malade ;
Quelquefois, pour jouer, on se met en retard,
On se repent alors, mais c'est toujours trop tard !
Même dans le sommeil, il n'est repos ni trève,
Cartes, billes et dés apparaissent en rève ;
On croit encor compter ses points toute la nuit ;
Quand vous vous éveillez honteux et déconfit,
Vous promettez de fuir le café si funeste
Et d'éviter le jeu comme maligne peste ;
Mais le plus léger souffle emporte ce serment,
Car à peine peut-on disposer d'un moment,
Que l'on court de l'Anglais peupler la grande salle ;
Là devant un piquet, haletant on s'installe :
On gagne quelquefois, on perd le plus souvent,
On poursuit le hasard perfide et décevant,
On s'obstine, espérant un sort plus favorable .
On croit pouvoir fléchir la chance inexorable
Mais ce n'est pas le tout, chaque jour grossissant
Votre debet bientôt apparaît menaçant ;
Vous n'osez plus jeter un regard en arrière,
Et vous jouez toujours aveugle et téméraire !
Vous marcheriez longtemps ainsi fermant les yeux,
Mais vous ne payez pas ! D'un air mystérieux,
Le maître du café, qui par ses complaisances
Vous perd, favorisant de coupables licences,

Sachant que vous avez les moyens de payer,
Vous frappe sur l'épaule et dit : cher Teissonnier !
Hé bien ! réglerons nous ces jours-ci notre compte,
Espérez vous bientôt me donner un à-compte ?
Mes fournisseurs sont là, je suis tout inquiet,
L'argent ne rentre pas, faisons-nous ce billet ?
Vous hésitez ! voyons, je serai saisonnable,
Je vous donne six mois ! Ce billet redoutable
Vous le signez enfin, et l'Anglais tout joyeux
Renferme avec grand soin ce papier précieux
Dans un vaste carton, ou bien d'autres en liasse
Pour de nouveaux venus ont toujours une place.
Plus que jamais cet homme est avenant et doux,
Car il tient désormais une arme contre vous ;
S'il trouve que l'argent ne vient pas assez vite
Par l'huissier il fera dresser une poursuite ;
L'avare ! dans ses rets il vous enlacera
Sans regret, sans pitié ! sa créance il aura
Faites mieux, ne donnez jamais de signature !
On s'en repent toujours après, je vous le jure !
Refusez lui tout net, s'il vient vous en prier ;
(Vous êtes honnête homme et vous devez payer)
Payez, mon cher ! soldez votre compte au plus vite !
Mais corrigez d'abord votre folle conduite !
Il faut pourtant savoir songer à l'avenir,
De ces ruineux écarts il vous faut revenir ;
Que ferez vous, alors que la triste vieillesse
A la suite traînant impotence et faiblesse
Viendra vous assiéger, si maintenant vaurien
Vous semez follement votre modeste bien ?

Que vous restera-t-il ? la misère et la goutte !
Quittez donc au plutôt cette fatale route,
Qui ne peut sûrement conduire qu'aux malheurs,
Vous vous épargnerez de cuisantes douleurs !
Craignez de contracter la funeste habitude
De jouer, consacrez plus de temps à l'étude,
N'allez plus au café ! du moins très rarement
Et ne jouez jamais. Le jeu c'est un tourment
Où l'on est harcelé par l'espoir et la crainte,
Où l'âme du joueur, sous la terrible étreinte
Des chances du hasard s'émousse et s'abrutit ;
A d'utiles travaux employez votre esprit !

L'INFIRMERIE RÉGIMENTAIRE

—

Vous qui d'un service ennuyeux
N'aimez pas la tracasserie,
Faites un peu le paresseux
Et venez à l'infirmerie !
Ici, vous vous prélasserez,
Sans souci, sans nulle contrainte,
Tout à loisir vous flânerez,
Du travail sans avoir la crainte.

Si vous voulez, là tout le jour
Vous pouvez dormir à votre aise ;
Rien ne vous trouble en ce séjour,
Éprouvez-vous quelque malaise ?
De la tisane abondamment
Buvez ! inoffensif rémède !
Vous voyez que facilement
A la guérison l'on procède.

L'empire du père Majné
Est sûrement le plus tranquille,
On est doucement gouverné,
On est, ma foi, presque en famille.
Devant mon lit, chaque matin,
Un expert cuisinier s'empresse,
Mais le fumet de son gratin
A trop l'odeur de la compresse.

Si nous nous éveillons trop tôt,
Pour passer notre temps plus vite,
Nous établissons le Loto,
Je gagne cinq quines de suite!
Puis le bouchon, puis l'écarté ;
Il n'est rien que je ne connaisse !
On sait, quand on a carotté,
Jeux de hasard et jeux d'adresse

Et la nuit, quand on ne dort pas,
Si l'on a du goût pour la chasse,
On peut courir après les rats
Qui sont de la plus belle race ;
Armés de sabots, de balais
Les fiévreux même font merveille,
Le plus boiteux se met en frais,
C'est une chasse sans pareille !

Chaque jour, à mon grand plaisir,
Grâce à mon aimable paresse,
Je vois ma bourse s'arrondir,
A moi repos ! à moi richesse !
J'attends la fortune en dormant,
(C'est bien le moyen le plus sage !)
Quand pour perdre son bien souvent
Plus d'un manant se met en nage.

Vous ! qui parfois payez trop cher
Les charmes trompeurs d'une belle,
Pourquoi vouloir lui reprocher
Le cadeau que vous tenez d'elle ?

Ici tisanes et bouillons
Sauront purifier vos veines,
De cuisantes injections
Feront cesser toutes vos peines.

Près de la porte en faction,
Toujours dévoué, plein de zèle,
Vous trouvez à discrétion
Le serviteur le plus fidèle ;
Il vient en aide à nos besoins,
Il prend sa part de notre peine ;
Mais pour reconnaître ses soins
Deux fois par jour on le promène !

Ce que je n'aime pas chez nous,
C'est que, crainte que l'on ne sorte,
Force serrures et verroux
De l'hôtel retiennent la porte ;
Sans liberté, point de plaisir !
Je veux retourner à l'ouvrage,
On se fatigue de dormir,
Lorsque l'on dort dans l'esclavage.

ÉLÉGIE — LE SUICIDE

Qu'ai-je entendu ? quel cri de mort, de suicide !
Encore une victime au cruel désespoir !
Où s'écoulent tes flots ? réponds moi, foule avide !
    Quel est ce sang que tu vas voir ?

Et la foule a passé, sourde et tumultueuse,
Chaque cœur étouffait d'angoisse, de terreur ;
Anxieux, j'ai suivi sa course impétueuse,
    Ah ! ce n'était point une erreur !

Un homme était gisant sur l'humide verdure,
Cadavre ensanglanté que roidissait la mort ;
Mon regard s'arrêta sur la pâle figure,
    Jusque là, je doutais encor.

Charles! c'est lui, grands Dieux! quelle noire tristesse
A donc pu de mourir lui dicter le devoir?
Quoi, de ce cœur si plein d'avenir, de jeunesse,
    Déjà s'était enfui l'espoir !

N'avait-il plus, sur terre, un cœur pour le comprendre,
Un ami qui reçût ses douleurs dans son sein,
Qui partagea ses maux et qui lui fit attendre
    Un jour plus doux et plus serein ?

Son âme avait faibli sous le poids de sa peine,
Il a vu son bonheur à tout jamais banni,
De la vie il n'a pu porter la lourde chaîne,
  Avec elle il en a fini !

Oh ! tout est bien fini ! cette odieuse image,
Ce front défiguré que la poudre a noirci,
Ce cadavre souillé, cet horrible visage,
  C'est le beau Charles, tout ceci !

Hier, nous l'avons vu, parmi nous, plein de vie,
Dans ses yeux on croyait voir briller l'avenir ;
Aujourd'hui, ce n'est plus qu'un vain nom qui s'oublie,
  Charles n'est plus qu'un souvenir !

Lui si jeune et si beau ! Lui si joyeux naguère !
Dans la fosse des morts il descendra demain ;
Chacun lui jettera son adieu, puis la terre
  Qui doit le garder dans son sein.

La jeune fille a vu le convoi funéraire,
Son cœur cherchait quelqu'un à la suite du deuil ;
Elle ignorait encor que le drap mortuaire
  Couvrait son amant au cercueil.

Ses amis l'ont pleuré, comme on pleure un bon frère,
Ils garderont longtemps son triste souvenir ;
Puis ils l'oublieront tous ! car hélas ! sur la terre
  Tout fuit, tout meurt, tout doit finir !

M. LEROI (au 3e d'artillerie)

—

J'ai le ton brusque et la voix un peu rude
Chacun ici me redoute et me fuit
Crier, gronder, voilà mon habitude !

Lorsque la République, en France
Apporte un régime nouveau,
Que de la royale puissance
Il ne reste pas un lambeau,
Toi seul, ô mon pauvre Troisième !
Soustrait à la commune loi
Reste frappé de l'anathème
Pour chef on te donne Leroi !

Que je vous plains ! compagnons d'armes !
Quand luit pour tous la liberté,
Vous subissez dans les alarmes
Un joug désormais détesté ;
Chacun chante la délivrance,
Tandis que vous tremblez d'effroi :
Un Monarque fuit de la France,
Vous, vous fuyez devant Leroi

Tel Roi fut bon, tel autre sage,
Si c'était un roi fainéant !
Mais ce redouté personnage
N'est, hélas ! que trop vigilant :

Avant que la dure trompette
Du réveil sonne le beffroi,
Ayant déjà fait sa toilette
Dans le quartier on voit Leroi.

Par la crainte qu'il nous inspire
Ses traits sont gravés dans nos cœurs ;
A son nom seul qu'il n'ose dire
Du troupier naissent les terreurs ;
Pierre le dur ! titre terrible ;
Qui met le Troisième en émoi,
N'est point encore assez horrible
Pour peindre exactement Leroi.

Fuyez ! Éperons courts de tige
Schako léger, pantalon fin,
Large bande, dont le prestige
Séduit le regard féminin ;
Toi, mouche trop impériale !
Ah ! crains les ciseaux, ton effroi !
On n'admet plus que la royale
Depuis que nous avons Leroi.

Mais croyez-vous le peuple en France
Plus heureux depuis février ?
Non ! plus grande est son indigence,
Ses fers, il n'a fait que river.
Des grenouilles de Lafontaine
L'exemple est de fort bon aloi ;
Crainte de doubler notre chaîne
Patience ! gardons Leroi !

RÊVE D'AMOUR

—

La vie ! est un espoir que chaque instant efface,
    Un rêve toujours douloureux ;
C'est une illusion qui nous trompe et qui passe
    Sans nous rendre jamais heureux !

Le bonheur ! c'est une ombre, une vaine chimère
    Que nous croyons apercevoir ;
Espérer, seulement c'est vivre sur la terre,
    Que serait vivre sans espoir ?

Le rêve le plus doux qui vient bercer notre âme,
    Délicieux rêve d'un jour !
Telle, au soir, près des eaux, soudain brille une flamme
    N'est-ce pas le rêve d'amour ?

Enfant, je m'égarais souvent dans la vallée,
    Cherchant le parfum d'une fleur
Qu'en songe je voyais inconnue, isolée
    Et merveilleuse de fraîcheur.

Plus tard, mon rêve était un gracieux nuage
    Tout rayonnant en un ciel pur ;
Il s'abaissait vers moi, prenant un doux visage,
    Un visage d'or et d'azur.

Et quand la fraîche nuit tendait son léger voile,
    Dans mon songe mystérieux
Je cherchais du regard une brillante étoile,
    La plus belle qui fut aux cieux !

Puis, mon rêve c'était une vapeur légère,
    Un ombre chère qui s'enfuit ;
La divine senteur d'une forme étrangère
    Se penchant vers moi dans la nuit.

Et cependant, mon cœur dévoré de tristesse
    Pleurait ses rêves superflus ;
Quand s'offrit à mes yeux, un ange de tendresse,
    Et tout seul je ne rêvai plus !

LETTRE A UN AMI

Mais pour moi je hais
Les moindres caquets,
Et je le promets
Je n'en fais jamais.

Tu n'écris pas ; d'où vient cet obstiné silence
Envers nous qui souffrons déjà de ton absence ?
Quinze grands jours passés ! sans un mot de ta part !
Je ne sais que penser, qui cause ton retard ?
A ce point peux tu donc manquer à ta promesse !
Que faut-il accuser? ton travail, la paresse,
Ou bien la maladie? en ce cas seulement
Je puis te pardonner ; j'espère cependant
Que mon inquiétude et me trompe et m'abuse
Et je préfère encor que tu sois sans excuse.
Mais que fais-tu, grand fou! pour nous laisser ici
L'esprit bouleversé de peine et de souci ?
Sans doute que déjà quelque tendre conquête
En subjuguant ton âme a fait tourner ta tête;
J'en serais peu surpris, car, hélas ! bien souvent
Ton trop sensible cœur change et tourne à tout vent.
Pourtant elle t'aimait celle qui te regrette !
C'est mal de la laisser soucieuse, inquiète,
Car depuis ton départ les regrets et les pleurs
Ont pâli de son teint les si fraîches couleurs,

C'est dommage vraiment! Le cœur plein d'espérance
Vers la poste, au matin, ta maîtresse s'élance,
Car, ne rêvant qu'à toi pendant la longue nuit,
En songe, elle a cru voir un bienheureux écrit.
Elle court ; et son cœur bat plus fort ; elle hésite
Craignant d'être déçue, enfin se précipite ;
Rien pour moi ? d'où cela vient-il ? Mais de Villers !
Un cruel non lui rend ses regrets plus amers ;
Bien tristement alors revient la pauvre fille,
Plus d'une larme, hélas ! tombe sur son aiguille,
Seule avec sa douleur, seule avec son amour.
Bien faible est son travail, et bien long est le jour !
Mais un dernier espoir me reste se dit-elle ;
Peut-être à son ami sera-t-il plus fidèle ;
Quand je la vois le soir, elle soupire ; hé bien !
Souffrant de sa douleur, je réponds : Toujours rien !
Puis nous parlons de toi ; dans notre incertitude,
Nous t'accusons tous deux de noire ingratitude,
Nous redoutons pour toi quelqu'imprévu malheur,
Causer de ceux qu'on aime adoucit la douleur ;
Lorsque nous nous quittons moins vive est sa tristesse.
Par pitié ! Cliquenois ! écris à ta maîtresse !
A ta bonne Lucie, elle t'aime vraiment ;
Voudrais-tu prolonger son horrible tourment?
De tes doigts paresseux saisis vite une plume,
De ses cruels regrets adoucis l'amertume,
Pour ma part, je voudrais de toi même savoir
Si d'un prochain retour tu conserves l'espoir ;
Ou bien si la remonte éprise de ton zèle
Veut encor pour longtemps te garder avec elle ;

Si la Champagne abonde en sensibles beautés,
Si tes jeunes chevaux ont quelques qualités,
Si tu te trouves bien, si ta tâche est facile ;
Dis moi : quand pourrons-nous, dans notre domicile
De tes excursions entendre le récit?
Et quand tous deux cherchant et la foule et le bruit
Pourrons-nous chez Maguin, voltigeant avec grâce,
Dans plus d'un cœur femelle obtenir une place?
Bien sûr que loin de nous, tu t'en donnes, Dieu sait !
Tu peux tout me conter, car je serai discret....
Du cruel Ferdinand me poursuit la vengeance
Deux fois j'ai ressenti les coups de sa puissance
La salle de police, en son sein redouté,
M'a vu, deux fois par lui, pour quatre jours jeté,
(Et ces deux fois encor l'amour a fait mon crime)
Toujours de ses fureurs serai-je donc victime !
Hélas ! tu n'es plus là ; toi qui me consolais,
Au travers des verroux souvent tu m'appelais
Tu me parlais du bal, d'Elise, d'Henriette;
Mon pauvre cœur, bien loin de la sombre retraite
Où j'étais renfermé, volait vers d'autres lieux ;
Par toi, dans ma prison, je me trouvais heureux.
A ta douce amitié, quel noir chagrin résiste !
Tout, sans toi, le bal même est ennuyeux et triste
Depuis que j'y vais seul, je ne sais plus danser,
Je m'assieds dans un coin et j'y reste à penser,
Tandis qu'autour de moi papillonnent les belles,
Beaucoup de Cliquenois demandent des nouvelles,
Je ne puis contenter leur désir. Les amis
Parlent aussi de toi. Grand paresseux, écris!

Pour venir nous trouver mets-toi bien vite en route,
Nous irons tous les deux sauter à la Redoute ;
Maintes fois, le lundi, je devais m'y trouver,
Mais j'ai vu chaque fois le destin entraver
Mes projets ; bah ! je n'ai point attrapé de rhumes
Et ma bourse n'a point souffert de mes costumes,
Sans compter la boisson. Comme certain renard
Je sais me consoler ; viens ! nous irons plus tard !
Je suis toujours au mieux dans le cœur d'Henriette
Et je n'ai point cherché de nouvelle conquête ;
Nous savons ménager nos tendres rendez-vous
Malgré l'autre, toujours défiant et jaloux.
Dernièrement, mon cher ! nous revenions ensemble
Du cours où de Simon le savoir nous rassemble,
Où, trois fois par semaine, on va pour s'embêter ;
Je voyais devant moi mon Bruno méditer,
Quand soudain il se tourne et m'aborde et m'arrête :
« Teissonnier ! vous voyez donc toujours Henriette ?
Parlez-moi franchement, car je n'en puis douter,
Je sais qu'elle me trompe et je la veux quitter. »
(Je me pince la lèvre afin de ne pas rire.)
« Lorsque cela serait, pourrais-je vous le dire ?
Penser que je voudrais la vendre, c'est très-mal !
Nous ne nous parlons plus ; de temps à autre au bal
Lui dis-je ; à votre bras je puis la voir encore,
Mais nous sommes brouillés ; bien plus, elle m'abhorre. »
« Je n'en crois rien ! fait-il ! je suis sûr que tous deux
Ourdissez contre moi des complots ténébreux ;
J'ai su même qu'un soir, à mon insu, chez elle
En mon nom, vous avez visité l'infidèle ;

Mais, retenez ceci : « cachez-vous à mes yeux,
Car si je vous surprends, malheur à tous les deux ! »
Moi sans m'épouvanter de ces mots de vengeance :
« Je sais bien que sur moi vous avez la puissance ;
Mais tant qu'il s'agira de femmes entre nous
Je me moque pas mal de votre vain courroux !
Pouvez-vous empêcher Henriette de plaire ? »
Lui dis-je ; nous étions alors à la barrière,
Et nous nous séparons, Je m'en vais convaincu
Que le fruit le meilleur est le fruit défendu.
Tout le reste du jour, je cherche dans ma tête
Les moyens de revoir au plus tôt Henriette
Et maintes fois depuis de toutes les façons
J'ai nargué d'un rival les trop justes soupçons.
De notre régiment rien de neuf à te dire,
Du troupier chaque jour renaît le long martyre ;
Je fais tant bien que mal mon métier de sergent,
Tu le sais par toi-même, il n'a rien d'attrayant,
J'exècre le planton, la garde, l'exercice,
Oh ! je ne suis pas né pour le bien du service !
Assez d'autres sans moi... attends ! je crois ouïr
La voix de l'adjudant qui vient de retentir ;
Aux tristes consignés, l'infernale trompette
Sonne ; adieu ! Cliquenois ! je gagne la retraite
Où je suis renfermé plus souvent qu'à mon tour,
J'ai bien assez blagué ; d'ailleurs un autre jour
Je te dirai le reste ; Ecris-nous, je t'en prie,
Soit à moi, ton ami, soit à notre Lucie,
Un écrit de ta part lui fera tant plaisir !
Pour avoir trop aimé doit-elle donc souffrir ?

Redoute que, frappé des chagrins de sa mère,
Notre futur moutard soit criard et colère ;
Tu sais que j'en serai de droit l'heureux parrain.
Pour revenir ici mets-toi vite en chemin,
Tôt rapportes ton cœur à la pauvre fillette,
A moi, du Maryland propre à la cigarette
Qu'on fume en attendant le rendez-vous promis.
Adieu ! le plus sincère entre tous mes amis !

꩜

A UNE INFIDÈLE (Romance)

—

La femme est comme l'hirondelle,
Qui revient aux beaux jours et qui s'enfuit l'hiver,
Au plaisir, au bonheur elle est toujours fidèle,
Dès qu'on souffre et qu'on pleure on lui devient
(moins cher.

Adieu ! Marie ! adieu ! loin de moi sois heureuse
Vas ! je ne t'en veux point, je pardonne tes torts ;
Ah ! puisses-tu longtemps, belle, folle et rieuse,
Ignorer le tourment si cruel du remords !   (Refrain.)

Où portes-tu tes pas ? quelque vaine espérance,
Flattant ta vanité, t'emmène loin de nous,
Ne vois-tu pas déjà le regret qui s'avance
Apportant l'amertume à tes rêves si doux !   Adieu !

Écoute ! pauvre enfant ! tu tiens à la parure,
On a séduit tes yeux par de riches cadeaux ;
Sous un simple ornement ton aimable figure
Souriait plus gaiement que tous ces oripeaux. Adieu !

Rien n'a pu t'arrêter ni larmes ni tendresses
Ma profonde douleur est ton moindre souci ;
Pour de l'or désormais tu vendras tes caresses ;
Dis-moi : qui t'aimera comme on t'aimait ici ? Adieu !

Pars! cours en souriant vers l'affreux précipice !
Ton front se flétrira, tes si fraîches couleurs
S'effaceront bientôt au souffle impur du vice,
A tes espoirs déçus survivront les douleurs !

UN MOT

—

Amis, vous voulez que j'écrive !
Que diable vais-je vous conter ?
Aujourd'hui ma plume est rétive
Et se refuse à plaisanter ;
Ma position est cruelle,
On va me prendre pour un sot ,
J'ai beau fouiller dans ma cervelle
Je n'y puis trouver un seul mot.

Un mot ! mais voilà mon affaire !
Avec un mot je puis chanter,
D'un mot je peux vous satisfaire,
D'un mot il faut vous contenter ;
Et voyez quelle heureuse chance,
Lorsque j'allais rester capot,
Un mot me donne l'espérance
De pouvoir au moins dire un mot.

Auprès d'un nombreux auditoire
Un orateur qui veut briller,
Débite à grands frais son grimoire
Qui ne peut que faire bâiller ;
Mais plus modeste en son mérite
Un autre qu'on croyait un sot,
D'une admiration subite
Transporte les cœurs d'un seul mot.

Devant le juge en robe noire,
Pour méfait dûment arrêté,
Faute de preuve assez notoire
Un brigand doit être acquitté ;
Avec adresse on l'interroge
Afin de le prendre en défaut ;
Le quidam se trouble il patauge
Et se trahit avec un mot.

Voyez-vous ce fameux ivrogne
Dans une taverne attablé,
On peut bien compter sur sa trogne
Tous les flacons qu'il a sablé ;
Il s'endort et sa main à peine
Pour verser soulève le pot,
Quand Bacchus sur le sol l'entraîne
Boire ! est encor son dernier mot.

Dans les salons de haut étage
Brille la conversation ;
Plus d'un qui fait du verbiage
Sans mériter l'attention ;
C'est un talent, savoir se taire
Et ne parler que quand il faut ;
On ne reste point en arrière
Quand on sait bien placer son mot.

Voyez cette mère si tendre
Presser son enfant sur son cœur,
Pourquoi ? c'est qu'elle vient d'entendre
Un mot qui comble son bonheur ;

L'objet de ses chères alarmes
Qui n'est encore qu'un marmot,
Vient de lui dire entre deux larmes
Maman ! et c'est son premier mot.

J'aime une fillette lutine,
Depuis longtemps je fais ma cour,
La cruelle rit et badine
De mes soupirs, de mon amour ;
Sa rigueur fort me désespère
Auprès d'elle je reste sot ;
Ah ! que j'aurais d'esprit, ma chère,
Si vous vouliez dire un seul mot !

Quand l'Eternel créa le monde
D'un mot il fit le firmament,
L'immensité, la terre et l'onde
Puis l'homme, animal surprenant.
Un Empereur que l'on vénère,
Qui certes n'était pas manchot,
Faisait trembler l'Europe entière
Quand il voulait lâcher son mot.

Un mot parfois nous embarrasse,
Pour un mot l'on est détesté,
Pour un mot aussi l'on s'embrasse,
Un mot blesse notre fierté ;
D'un mot nous nous laissons abattre.
Souvent vous voyez à Chaillot
Deux étourdis qui vont se battre,
Parfois se tuer pour un mot.

2.

Moi qui ne trouvais rien à dire
Mes amis, longtemps je pourrais
Avec un mot encore écrire,
Mais vous ennuyer je craindrais.
Mettons un frein à notre rime,
Bien sûr elle a quelque défaut ;
Je permets que chacun s'escrime
Et sur le mien dise son mot.

LE BOUTON D'OR

(CAPRICE)

—

Petite fleur ! qui sur la rive
Fais briller ta corolle d'or,
Semblable à la beauté naïve
Dont la flamme au cœur est captive
Laisse-moi gémir sur ton sort !

Pauvre petite abandonnée,
Crains le moindre souffle du vent,
Bien fragile est ta destinée :
Tu brillais, te voilà fanée !
Et n'as vécu qu'un seul instant.

Et pourtant ta frêle existence
D'aimer soupçonne le bonheur,
Car la brise de l'espérance
Te parle d'amour, de constance,
Rêve bien doux, songe trompeur !

Ou, vierge encor, ton front se penche,
Le vent t'emporte dans les eaux,
Et la vague d'écume blanche
Te brise ainsi que la pervenche
Et t'engloutit dans les roseaux.

Ou bien, jouant dans la prairie,
L'enfant cueille le bouton d'or;
Il l'appelle sa fleur chérie,
Mais bientôt la voyant flétrie
La jette pour cueillir encor.

Pauvre fleur! sur le sol couchée!
Ta beauté faisait ton orgueil...
De ta verte tige arrachée
Tu vois, mourante et desséchée,
Près du triomphe le cercueil.

Cette fleur; c'est toi! jeune fille!
Des vains discours garde ton cœur;
Car n'est pas or tout ce qui brille,
Un noir poison l'amour distille,
Que de larmes coûte une erreur!

PEINES, SOUVENIRS, ESPOIR

—

Mon cœur brûle toujours, mais mon âme est glacée,
Le plaisir s'est enfui, mais l'amour reste encor :
Depuis le jour d'exil, en ma triste pensée
Le noir chagrin s'éveille et le bonheur s'endort.

Que vous êtes cruels, sombres jours de l'absence,
Qui m'avez séparé de tout ce que j'aimais !
Loin d'elle, seul, je dois dévorer ma souffrance,
Loin d'elle, mon bonheur n'est que dans mes regrets.

On m'a ravi le ciel tant aimé de Vincennes !
Où j'ai laissé mon cœur, mes amours, mes plaisirs ;
Qui peut comprendre ici mes douleurs et mes peines ?
Je n'ai plus que son nom et mes beaux souvenirs !..

Souvenirs ! qui sont doux à mon âme attristée,
Son nom ! nom que j'invoque à chaque instant du jour,
Me semble à l'horizon une étoile restée
Pour me guider bientôt à l'heure du retour

Il est abandonné le sentier solitaire
Que nous aimions ensemble à fouler chaque soir :
Là nos deux cœurs aimants s'épanchaient sans mystère
Et se berçaient d'amour, d'avenir et d'espoir.

Quand de l'astre des nuits la lumière argentée
Eclairait ces beaux lieux de son reflet si doux,
Son regard bienveillant perçait l'ombre agitée
Que la brise du soir abaissait jusqu'à nous.

Combien j'étais heureux ! quand de sa chevelure
Mes lèvres effleuraient les gracieux anneaux ;
Enivré ! j'aspirais son haleine si pure ;
Si je souffrais alors, j'oubliais tous mes maux !

Mais pourquoi t'évoquer, joyeuse souvenance !
Qui double les regrets de mon cœur amoureux ?
Pour adoucir leur fiel je n'ai que l'espérance
De voir reluire encor, pour moi, ces jours heureux.

Alors, je reviendrai près de toi, douce fille !
Je sentirai ton cœur palpiter sous ma main,
Je brûlerai des feux dont ton œil noir scintille,
Je pourrai chaque soir dire encore : A demain !

LES AGRÉMENTS DE SAUMUR

Fatigué de mon régiment,
Dégoûté de l'artillerie,
Je viens voir avec ma jumen
L'école de cavalerie.
A cheval on apprend ici
A montrer tout son savoir-faire,
Mais l'on s'instruit bien mieux aussi
A débourser son numéraire.

Pour devenir bon cavalier
Il faut avoir de la tactique,
Posséder un rude gosier
Et connaître à fond la pratique ;
Mais le point le plus important,
(Souvent vous en aurez la preuve)
C'est d'apporter un fondement
Garanti contre toute épreuve.

Tous les deux jours, au Chardonnet
Un peu trop voisin de la Loire,
Chacun de nous vient à regret
Forcer sa rosse et sa mémoire.
Pataugeant par quatre et par huit,
Deux heures de longueur étrange,

S'il ne reste rien dans l'esprit
Sur nos habits reste la fange.

Ensuite au Manége civil
(Avec grande cérémonie)
On vient botté jusqu'au nombril
Sur des chevaux de fantaisie ;
Un claque cornu, menaçant
Vous emboîte aux trois quarts la tête.
On contient moins facilement
Son large chapeau que sa bête.

Ah ! quel plaisir d'être à Saumur !
Qu'on avale de théorie !
Sur un cheval qui trotte dur
Chaque matin je m'excorie ;
Bien sûr pour l'équitation
J'obtiendrai de fameuses notes,
Car j'ai déjà le croupion
Refoulé jusque dans les côtes.

Sans hésiter, sans avoir peur
De se briser la clavicule,
Il nous faut monter le sauteur ;
Si l'on n'a les jambes d'Hercule,
On court le danger imminent.
Par côté piquant une tête,
De descendre plus lestement
Que l'on a monté sur la bête.

Que d'agréments, que de beautés,
Se trouvent dans une carcasse !
Je me perds dans les cavités
Dans les muscles je m'embarrasse.
Tel qui se croit bon cavalier
Bien fier fait siffler sa cravache,
Qui veille pour étudier,
En est toujours à la ganache.

Souvent la nuit ne dormant pas,
Plein de zèle pour la cocarde,
Je sors le nez d'entre les draps,
Mon ordonnance je regarde ;
C'est bien le plus sûr des moyens
Pour combattre mon insomnie,
Car aussitôt que je la tiens
Je m'endors sur la théorie.

Après le dîner chacun part,
Vers le café prenant sa course,
Du jeu nous tentons le hasard,
Nous trafiquons comme à la Bourse ;
Ce ne sont pas les actions
Dont la hausse ou baisse nous mine,
Mais bien les consommations
Qui consomment notre ruine.

Le moka se prend chez Leffet,
Le plus souvent pour se distraire

On joue au billard, au jacquet;
Le piquet, sans doute contraire
Au cavalier est défendu ;
De cette loi nul ne s'écarte,
Se gardant bien s'il a perdu
De jamais payer à la carte.

Bientôt, les comptes s'élevant,
L'Anglais nous déclare la guerre,
Les fonds manquent ; le mois suivant
Nous voit maigrir à l'ordinaire.
Contre les cahots d'un cheval
Nous avons souvent, ô souffrance !
Le cerveau plein de littéral
Et du vent, hélas ! dans la panse.

Quant au beau sexe de Saumur,
(Ce n'est pas que je m'en occupe)
On ne trouve que du fruit mûr
Sous la plus élégante jupe.
Crainte de quelque événement
Forcé de concentrer sa flamme,
On dresse bien plus sûrement
Belle jument que belle femme.

DIVISION DES SOUS-OFFICIERS D'ARTILLERIE

—

Régt.
1. Poussennes peu bruyant, tant bien que mal récite,
2. Richard a peu de voix mais rarement hésite,
2. Dupend sait bégayer n'étant pas des plus forts,
3. Teissonnier fait des cuirs et balance son corps,
4. Yung artistement tousse à chaque virgule,
4. Gueux a dans le gosier un ressort de pendule
6. Rostaing, aux yeux bordés, frise son brillant poil,
7. Dougner bat le tambour dessus son passe-poil,
7. Grandmottet, en tremblant sait sa petite affaire,
8. Poujol, les yeux au ciel, récite sa prière,
8. Moulié distend son bec et tique à tous les mots,
9. Chanfreau forçant sa voix assourdit les échos,
10. Saint-Aubin se grandit, se gonfle et trop affecte
10. Schreiner d'un vrai chapon jette la voix suspecte.
11. Legendre en récitant clignote les deux yeux,
12. Martin d'un ventriloque a les sons caverneux.
13. Gaudot grossit sa voix, est toujours prêt à rire,
13. Gaffiot souvent sait bien, parfois ne peut rien dire,
14. Salmon le nez au vent va toujours piano,
14. Delguey, gascon, se plaint d'un rhume de cerveau,
1. Labbe a les sons perçants d'un timbre métallique,
2. Mongin nous jette à tous son regard magnétique,
4. Quirot se rengorgeant devient tout violet,
5. Avalant tous ses mots court la poste Navlet.

A UNE MOQUEUSE BUREAUCRATE

—

Dites-moi donc pourquoi,.maligne précieuse !
    On vous voit toujours en passant,
    Jeter, incessante moqueuse,
    A tous votre regard méchant ?

Vous occupez, sans doute, une éminente place
    Dans le royaume féminin,
    Pour qu'ainsi votre cœur de glace
    Brave le sexe masculin ?

Lorsque sur le perron vous donnez un sourire
    A vos cheveux à la Ninon,
    Ne croyez pas que l'on admire
    Votre beauté douteuse, Oh ! non !

Vous plairiez beaucoup plus si vous étiez moins fière,
    Si déposant leur vain courroux
    Vos grands yeux, malin secrétaire,
    Désormais devenaient plus doux,

Craignez que Cupidon, de son ardente flamme,
    Venant embraser votre cœur,
    Vous fasse comme une autre femme
    Courber sous la loi d'un vainqueur.

Ah! prenez garde, alors, que cet enfant, ma belle!
    Qu'aujourd'hui vous osez narguer,
    Vos yeux épris d'un infidèle
    De pleurs ne viennent fatiguer !

A NOTRE ÉCUYER

(Satyre)

—

Dis-moi, grand desséché ! quelle noire furie
T'irrite contre moi ? comme un mauvais génie,
Me harceler sans cesse est ton plus grand plaisir,
Tu t'exerces, je crois, à me faire souffrir ;
Le matin et le soir, au cours, à la carrière,
C'est toujours à moi seul que tu jettes la pierre !
Naguère si joyeux, par toi j'ai des soucis,
Teissonnier ? me dis-tu, vous n'êtes point assis !
Votre cul sur la selle à chaque instant clapote,
Votre jambe est tendue et votre main ballote ;
Jamais on ne vous trouve à ma voix attentif,
Le cheval le plus doux avec vous est rétif ;
Ce précepte certain : main gauche et jambe droite !
Ne pourra pénétrer votre cervelle étroite.
Je me fatigue en vain les poumons à crier,
Vous ne serez jamais qu'un triste cavalier !
Vous n'avez point d'égards aux soins que je vous donne
Ma patience est lasse et je vous abandonne !
Allez ! tant bien que mal, à la grâce du ciel !
C'est ainsi que souvent ta colère et ton fiel
S'épuisent contre moi ; je sais bien, grand squelette !
Qu'à cheval, tout d'abord, j'étais un peu galette ;
Mais tu dois voir aussi, fantasque original !
Que depuis, chaque jour, je vais un peu moins mal ;
Que je suis mieux assis et partant plus solide,
Que j'aime le cheval, que je me montre avide

D'apprendre ce qui peut me rendre cavalier,
Qu'à beaucoup de défauts j'ai su remédier ;
Mais non ! de m'engueuler tu t'es fait l'habitude,
C'est pour toi maintenant une béatitude;
Un autre fera mal, on ne lui dira rien;
Teissonnier seul n'a pu jamais rien faire bien !
D'un mouvement manqué lui seul porte la faute,
Tu lui gardes bien sûr ta plus mauvaise note ;
Je suis ton cauchemar; quoique moins laid que toi
Je crois que mon aspect te cause de l'effroi ;
Aussi de mon côté, crois-le, je te redoute,
Ton air rébarbatif à la fin me dégoûte ;
J'ai tout fait pour te plaire et n'ai rien obtenu,
Tu fus toujours pour moi sévère et prévenu,
De ta rare bonté je n'ai pu voir un signe ;
Pour un rien m'infligeant deux grands jours de consigne
Tu m'as fait, maladroit ! ressentir ton pouvoir
En fourrant ton grand nez où tu ne devais voir;
Ces deux jours sur mon cœur sont restés. Plein de zèle
Sur le cours j'appliquai ma mémoire fidèle,
Croyant que je pourrais regagner la faveur
Que, de perdre à cheval j'avais eu le malheur ;
Insensé ! je rendais le mot à mot du livre,
Loin d'être satisfait, tu ne pouvais me suivre,
J'embrouillais, disais-tu, les muscles, les tendons.
Mes paroles n'étaient que d'inutiles sons ;
Un autre tombait-il dans des erreurs étranges
Tu réservais pour lui tes avares louanges ;
Que dois-je faire encor? Si je savais flatter !
(Ce serait le dernier des moyens à tenter.)
  Pour l'art du courtisan je ne suis point habile,

Cette tâche à chacun n'est pas aussi facile,
Et je la laisse à ceux... Te parler plus longtemps
Ce serait envoyer mes paroles aux vents ;
Je te laisse dormir selon ton habitude ;
A la chasse tu peux montrer ton aptitude,
Chaque jour sur *Norfolk* à ton gré te voûter
Et sur *Masque* posant venir nous répéter
Tes passages vieillis, tes voltes de la veille,
Ou t'inspirant au sein de la dive bouteille,
Croyant tenir le sceptre en équitation,
Tomber devant toi-même en admiration.
Si tu viens à changer d'humeur, de caractère,
Tu me feras, au moins, prévenir, je l'espère ;
Et tous les saints du ciel par moi seront bénis,
Si nous pouvons jamais devenir bons amis.

A MON CHAPEAU DE MANÉGE

—

Un souvenir parfois nous est bien cher !

Aimable chapeau ! toi qui sur ma tête
Balances coquet ton cône puissant,
Toi qui dois braver plus d'une tempête,
J'aime sur mon front à voir ton croissant.

J'aime ton poil fin, le reflet de l'aile
Du corbeau, le tien ne peut égaler ;
J'aime ta cocarde on ne peut plus belle
Qui ses trois couleurs nous vient étaler,

J'aime plus encor la lame argentine
Qui vient t'enrichir de son vif éclat ;
Le brillant bouton, qu'un coq illumine,
Éployant son aile et prêt au combat.

J'aime les contours, les formes heureuses
Des bords gracieux qui roulant sur toi,
Viennent s'incliner aux pentes moelleuses
Des pointes, qu'ami ! tu jettes sur moi.

Que tu me rends fier, quand vif et rapide
M'emporte, au manége, un brillant coursier :
Quand de la tribune un regard limpide
Tombe bienveillant sur le cavalier.

Que le sort, pour toi, soit doux et prospère!
Toujours de mon chef soutiens la grandeur;
Que jamais du sol la vile poussière
De ton noble éclat souille la splendeur!

Je te garderai, bien chère relique!
Quand t'aura brisé du destin l'effort;
Jamais tu n'iras au front sardonique
De l'homme du deuil, hideux Croque-mort!

GENNY, SOPHIE ET CELINA

—

Là venaient autrefois trois vierges, trois amies
A l'heure où le matin sur les fleurs endormies
Répand avec amour son humide trésor;
Et vers le soir aussi le pâtre les a vues
Joyeuses se plonger dans les vagues émues,
          Qui roulent sur ce sable d'or   (Ballade).

Sur cette terre délaissée,
L'amitié voulut certain jour
De tous se voyant repoussée
Avec trois cœurs former sa cour;
Pour découvrir trois cœurs sincères,
Que de peine elle se donna ?
Enfin s'offrirent trois bergères
Genny, Sophie et Célina.

Un soir m'égarant solitaire
Dans le bois du prochain hameau,
J'entamais l'écorce légère
D'un jeune et sympathique ormeau,
Trois noms sur l'arbre se formèrent,
Que mon cœur sitôt devina,
Et mes yeux surpris y trouvèrent
Genny, Sophie et Célina.

Elles sont trois, toujours joyeuses,
Trois cœurs toujours remplis d'espoir,

Trois infatigables danseuses
Que notre Idalie aime à voir ;
Il aime tant leur franc sourire
Que lorsqu'elles ne sont point là,
L'orchestre tendrement soupire
Genny, Sophie et Célina.

Voyez ces trois ombres légères
Que la lune de son reflet
Vous montre un instant éphémères
Sous les accacias du bosquet ;
Vous les distingueriez à peine,
La brise qui les caressa
Vient me chanter de son haleine
Genny, Sophie et Célina.

De l'été, la fête bruyante
Au soir s'agitant dans le bois
La voix si folle, si tentante,
S'unissait à trois autres voix ;
Reconnaissant ces harmonies
De leur chant mon cœur résonna ;
Car c'était bien nos trois amies
Genny, Sophie et Célina.

Et l'hiver, quand la salle immense
Se peuple de masques brillants
Et que la vive contredanse
Forme ses couples turbulents ;
Le croiriez-vous ? quelqu'un soupire,
Elles ne sont point encor là !

Et savez-vous ce qu'il désire ?
Genny, Sophie et Célina.

Mais voyez ! ces fraîches parures,
Ces débardeurs coquets, hardis,
Ces trois ravissantes tournures ;
Qui donc n'en serait point épris ?
Et lui ne sent plus sa tristesse,
Heureux, il se dit : les voilà !
Il reconnaît avec ivresse
Genny, Sophie et Célina.

Au revoir ! mes belles danseuses !
Je ne vous quitte qu'à regret ;
Soyez toujours folles, rieuses,
Revenez toujours au bosquet ;
Avec vous, mes chères amies !
Que de plaisir on s'y donna !
Adieu ! déesses des folies,
Genny, Sophie et Célina.

Lorsque le temps en son passage
Aura vu fuir tous mes beaux jours,
Que mes souvenirs à cet âge
Me resteront seules amours,
Vos trois noms que j'aime à redire,
Se retrouveront gravés là !...
Je croirai voir encor sourire
Genny, Sophie et Célina.

CONSOLATIONS

—

Pourquoi ces tristesses étranges ?
Sur le gazon volent leur pas,
Le pâtre les prend pour des anges
Mais les anges ne pleurent pas!
(Ballade.)

Pourquoi toujours rêver ; soucieuse et pensive,
Pauvre fleur du matin ! ton calice vermeil
S'ouvre à peine timide aux rayons du soleil,
Que ta tige déjà s'incline sur la rive.

A peine de ce monde ayant tenté les voies,
Enfant! vous vous perdez au chemin des douleurs,
Pourtant, dans votre sein, le fardeau des malheurs
N'a point pu sans retour briser toutes vos joies.

Pourquoi ces lourds soupirs ? que je surprends sans
Et ces pensers si noirs qui chargent votre front, [cesse
Qui vous rendent si triste ? Hélas! ils vous tueront!
Votre si doux regard n'a donc plus d'allégresse?

Déjà l'affliction aux jours de votre enfance
A versé l'amertume et la déception ;
De ses rêves joyeux la douce illusion
N'a pu de votre cœur écarter la souffrance.

Oui! nous avons des jours d'indicible tristesse,
Où notre âme navrée aspire les douleurs,

Où d'eux-mêmes nos yeux s'obscurcissent de pleurs,
Où des maux inconnus froissent notre jeunesse,

Doit-on s'abandonner à la mélancolie,
Quand on a dix-huit ans, qu'on est riche d'espoir,
Belle de deux grands yeux que chacun aime à voir,
De vains rêves doit-on empoisonner sa vie ?

Quoi ! le souci rongeur, dans votre cœur si tendre
Aurait-il pour toujours fixé le noir chagrin ?
La tempête des nuits enfante un jour serein
Et riant, devant vous, l'avenir doit s'étendre.

Si jeune ! les revers n'ont pu flétrir votre âme !
Votre âge ne doit point connaître les remords,
Pour renaître au bonheur faites quelques efforts !
Les pleurs de vos yeux bleus vont éteindre la flamme !

Sur vos lèvres laissez briller le doux sourire,
Que votre âme se berce au souffle du bonheur !
Soyez heureuse ! aimez ! que l'amère douleur
De vos aimables traits s'efface et se retire.

Ah ! dans les mauvais jours, un instant de tendresse
Vaut des ans de bonheur ; aimer ! c'est être heureux ;
Si vous le voulez bien nous pleurerons tous deux,
Mais nous partagerons aussi notre allégresse !

L'HOMME BRUN

(SATYRE)

—

Air du Palais des Papes

N'apercevez-vous pas, sur sa jument pisseuse,
Le petit homme brun pas toujours bien assis,
Tant bien que mal il tient la bête impétueuse
Dans ses mollets suspects, fiers de houzeaux vernis.
C'est lui qui tous les jours, de maint cerveau débile,
Arrache une leçon par morceaux, vrai tourment !
Et du matin au soir nous remuant la bile,
   Nous colle, hélas ! facilement.

Si vous êtes venus, canonniers pacifiques !
A Saumur pour flâner comme des grands seigneurs,
Quittez-moi promptement vos goûts soporifiques,
Et de la théorie avalez les fadeurs.

Pauvres sous-officiers, sans argent peu de gloire !
Le petit homme brun vous veille constamment.
Au café, nul ne peut poser, jouer ou boire,
S'amuser en un mot, sans payer promptement.
Les Anglais ont vaincu ! le créancier avide
Sourit en empochant notre dernier écu ;
Nous périssons de soif, car le gousset est vide,
   C'est l'homme brun qui l'a voulu.

Passez près du café sans goûter à la bière,
Sans jouer au billard, passez, triste amateur !
De votre gosier sec, pas même un petit verre
Ne viendra soulager la constante chaleur !

Mangeant du veau mort-né sept jours de la semaine,
Victimes du poison trop relâchant d'Ortcliff,
En vain nos ventres creux ont exprimé leur peine,
A leurs cris l'homme brun n'est jamais attentif.
De nos muscles séchés les chevaux de carrière
Ont tiré jusqu'au sang un reste de sueur ;
Nous n'avons que la peau du tissu cellulaire,
    Et l'on cite notre maigreur.

Voyez la pension, vous qui dans l'opulence,
Avez trop à loisir, bourré votre fanal,
Mangez ! mangez du veau ! quinze jours je le pense,
Suffiront pour vous rendre à votre état normal.

Heureux, de l'homme brun qui sut gagner l'estime !
Celui-là désormais ne craint plus de rival !
Qui fut son concurrent n'est plus que sa victime,
Le mérite n'est point à la faveur égal !
Tel atteindra le but s'il porte un nom sonore,
Si courtisan habile, il se gorge d'orgueil,
Si chacun de grand cœur le déteste et l'aborrhe,
    Si pour s'aimer il est tout seul.

Passez au second rang, rival peu redoutable !
Vous ne pouvez lutter, passez ! car l'homme brun
N'a point jeté sur vous un regard favorable,
Pour votre numéro, jamais vous n'aurez

L'ENNEMI DE LA CHANDELLE

—

Oculos habent et non videbunt.

Il me souvient que mon vieux père
Me répétait fort gravement
Que dans un siècle de lumière,
J'étais né fort heureusement.
Je crois qu'il me la contait belle,
Car, sous-officier, je ne peux,
Après l'extinction des feux,
Allumer une humble chandelle !

Chiron, des agents le modèle,
Deux grands jours d'arrêts m'a donnés,
Pour avoir eu de la chandelle
Après le couvre-feu sonné,
Narguant ses fureurs habituelles,
Tant de canons j'avais sifflé,
Qu'après mon lampion soufflé,
Je voyais trente-six chandelles.

Tous ceux qui connaissent son zèle,
Grand serviteur l'ont déclaré ;
Cet homme au règlement fidèle,
Hélas ! n'est pas trop éclairé !
Si dans son métier il excelle,
Avec raison, je crois, on dit,

Que pour éclairer son esprit,
Faudrait une énorme chandelle.

Avec quelle grâce il promène
Sur le papier sa grosse main ;
Chaque fois qu'il est de semaine,
Entier il use un calepin,
Car son écriture est si belle,
Que l'on peut, même dans la nuit,
Lire aisément son manuscrit
Sans avoir besoin de chandelle.

S'il est rude pour la police,
Son cœur n'est pas tout à fait noir ;
Au fond, il n'a pas de malice,
Mais un grand amour du devoir.
Quoique d'humeur assez rebelle,
J'affirme que maître Chiron
N'est point un cosaque du Don,
Puisqu'il aborrhe la chandelle.

Nous aurions bien tort de nous plaindre
De son horreur pour la clarté,
Car il ne serait guère à craindre,
Atteint d'entière cécité ;
Par quelque ruse criminelle,
Quand nous le dépistons le soir,
Sans doute il pourrait mieux nous voir
S'il détestait moins la chandelle.

Deux fois la brillante épaulette
A trahi son unique espoir ;
Loin de faiblir sous sa défaite,
Plus lourd nous pèse son pouvoir.
Oh ! que cette heureuse nouvelle
Nous l'enlève prochainement !
Chacun de nous certainement
Fera brûler une chandelle.

A MON FLAGEOLET

—

Toi, des amis le plus fidèle,
Viens un peu m'égayer ce soir ;
J'ai dans l'âme un chagrin bien noir ;
Dis-moi la valse la plus belle,
Qui naguère au charmant bosquet,
De sa voix si mélodieuse,
Animait la foule joyeuse ;
Je t'invoque, cher flageolet !

Tu ne connais point la richesse,
Bien simples sont tes ornements ;
Moi je trouve tes sons charmants,
Avec bonheur je te caresse ;
Si je t'aime, qu'importe, au fait,
Que tu ne sois pas magnifique,
Car mon premier trésor lyrique,
C'est toi mon pauvre flageolet !

Bien chétive est notre science,
Mais tous deux nous avons appris
Assez pour charmer les ennuis,
Assez pour calmer la souffrance ;
A mes caprices toujours prêt,
Tu gémis lorsque je soupire,
Car dans mon cœur nul ne sait lire
Comme toi, mon bon flageolet.

Que de fois j'oubliai ma peine
Avec toi, sensible instrument !
Mes doigts te pressaient tendrement,
Je t'animais de mon haleine ;
Ta voix docile modulait
Un air de cet heureux quadrille
Où me souriait brune fille.
Merci, merci, mon bon flageolet !

Souviens-toi quand de paperasses,
Un chef sévère m'accablait,
Un seul ami me consolait
Dans mes travaux, dans ma disgrâce ;
Car aussitôt qu'il s'en allait,
Libre de sa dure présence,
Contre lui ma seule vengeance
C'était toi, mon bon flageolet !

Souviens-toi, lorsque la nuit fraîche,
Mélancolique, sur le bois
S'étendait, que ta faible voix
Volait sur la brise revêche,
Je ne sais quel Dieu t'inspirait,
Mais plus d'une fille jolie
Qui promenait sa rêverie
Écouta mon doux flageolet.

Et quand, le cœur plein de tendresse,
Seul je venais errer le soir,
Épiant le moment de voir
Une jeune et belle maîtresse ;

A tes sons l'importun volet
Gémissait sous une main blanche.
J'étais heureux !... mais en revanche,
Je t'aimais bien, cher flageolet !

Viens ce soir, car je suis bien triste !
Viens calmer un peu ma douleur,
Viens soulager un peu mon pauvre cœur ;
Nul chagrin à tes sons ne résiste,
Plaisir perdu jamais ne renait !
Mais courage, oublions ma peine ;
Plus pesante serait ma chaine.
Sans toi, mon joyeux flageolet !

Adieu ! déjà la nuit s'avance,
Ce soir tu ne fais que gémir ;
Pour oublier je vais dormir,
Rêver un rêve d'espérance.
Je sens déjà le doux effet,
De ton amitié bienveillante ;
Le sommeil de sa main pesante
Me touche !... Adieu... cher flageolet !

ZANFRETTA

—

> Beau caalier! je suis trop fière
> Je veux avoir la terre entière
> Et j'ai pris Dieu pour fiancé.

Et Zanfretta la bohémienne
Chaque soir charmait tous les yeux
Par les pas souples, gracieux,
    De sa voltige aérienne.

On se pressait pour voir la belle créature,
    On admirait ses noirs cheveux,
Les formes que laissait deviner sa parure,
    Et le vif éclat de ses yeux ;
On redoutait, saisi d'un magique délire,
    Le moment de se retirer,
Et le vieillard lui-même, en la voyant sourire,
    Se surprenait à soupirer.

Lorsque son pied d'enfant touchait la corde émue,
    On eût dit un esprit des cieux
Qui d'un vol azuré remontait vers la nue
    Et puis s'abaissait radieux ;
De fats adorateurs une foule nombreuse
    Offrait son or pour ses faveurs :
Se jouant de leur peine, en riant la danseuse
    Éconduisait les séducteurs.

Elle disait : Menteurs ! je vous plais quand je brille,
  Quand mon talent sait vous charmer ;
Vous quitteriez bientôt, lassés, la pauvre fille
  Qu'aujourd'hui vous dites aimer ;
Quel trésor peut payer une tendre caresse ?
  La fortune est peu sans l'amour.
Gardez ! gardez votre or ! je garde ma tendresse,
  Car je veux aimer plus d'un jour.

Fille de l'air ! ton cœur, admirable sylphide
  Vers les cieux s'était élevé,
Ton âme, dédaignant la gloire trop perfide,
  Un pur amour avait rêvé.
Puis un soir que la foule accourait, sous la tente
  Seule ne vint point Zanfretta !
La corde de dépit s'agitant frémissante,
  Un étrange soupir jeta !

  Car Zafretta la Bohémienne,
  Au sombre cloître du saint lieu,
  Pour jamais consacrée à Dieu,
  Quittait sa corde aérienne.

ADIEUX A SAUMUR

—

Air : Dans un grenier qu'on est bien à vingt ans!

Adieu Saumur ! ville triste et sauvage !
Vingt et un mois ici j'ai pratiqué
Du cavalier le dur apprentissage,
Rompu de corps et d'esprit fatigué.
Le fou plaisir, la joyeuse allégresse,
Dans ton séjour n'habitent pas souvent ;
Vas ! nous quittons sans regret ni tristesse,
Ton noir donjon et tes moulins à vent !

Quartier ! espoir de la cavalerie !
Vieux murs ! longtemps sous vos toits j'ai logé,
Dans un grenier, mansarde décrépie,
Par la vermine et par les rats rongé,
Adieu ! je pars et point ne vous regrette,
Trop en honneur chez vous est le cheval !
Dans chaque soin on rencontre un squelette,
Tant on vénère, à Saumur, l'animal !

Toi, Chardonnet, dont chaque grain de sable
Cent fois au moins par chacun fut foulé,
Où l'instructeur, de sa voix détestable,
M'a si souvent et si fort engueulé !
Adieu ! je pars ; de ta fange liquide
L'hiver jamais ne pourra me souiller ;

L'été brûlant, de ta poussière aride,
Ne viendra point non plus m'asphyxier.

Salle sonore ! où de la théorie
Nous avons tant marché le littéral,
Adieu ! depuis qu'à pleins poumons je crie,
J'ai presque usé mon conduit guttural.
Si je n'ai pas trop bien rempli mon rôle,
J'ai sur les bancs, ruminant mes leçons,
Comme un bambin que l'on mène à l'école,
Percé le cul de tous mes pantalons.

Adieu manége, où par ma maladresse,
Frêle jouet de chevaux mal appris,
J'ai mesuré souvent avec tendresse
Ton sol si doux à mes membres meurtris ;
Adieu piliers ! où maint sauteur robuste,
D'un bond puissant, ébranlant chaque coup,
Votre être entier vous démontre tout juste
Comme on s'y prend pour se casser le cou.

Petits rossards de si mauvaise tête,
Par des malins tant bien que mal domptés,
Qu'avec un fil, sans effort on arrête,
Et qui nous ont tant de fois emportés !
Et vous, carcans ! grands chevaux de carrière !
Adieu ! Pour moi vous fûtes sans pitié ;
Vous m'avez tant dégradé le derrière
Qu'au régiment j'en porte la moitié.

Vous, écuyers dont la haute science
Ne m'a jamais que peu de chose appris,
Vous, beaux phraseurs, dont toute l'éloquence
A le pouvoir d'embrouiller les esprits ;
Adieu messieurs, je vous crois sur parole,
Je n'ai point fait de progrès éclatants ;
Fallait-il donc que je vinsse à l'École
Lorsque partout on voit des charlatans ?

Vous, instructeurs pétris de suffisance,
Qui tout au plus savez le littéral,
Mérite est peu, devant vous Préférence :
De tous vos choix est l'agent principal ;
Pour obtenir un numéro d'élite,
Votre faveur est l'unique moyen.
Adieu ; saints Roch ! jamais à votre suite,
Je n'ai.... Lecteur, la rime, cherchez bien.

Adieu ! beautés bégueules et cruelles,
De vous priser je n'eus jamais le tort ;
L'intérêt seul peut vous trouver fidèles,
Et vous vendez votre.., cœur pour de l'or.
Gardez ! gardez vos faveurs par trop chères,
Dont le plaisir engendre un long tourment,
Car vous n'avez, ô femmes mercenaires!
Vertu, ni foi, ni cœur, ni sentiment.

Vous, fournisseurs avares et cupides !
Limonadiers, subtils empoisonneurs,
Tous créanciers, mendiants insipides,

Adieu ! je suis lassé de vos clameurs ;
Pour étancher la soif qui vous dévore,
Je n'ai que trop liquidé mon argent,
Je n'ai plus rien ! si je vous dois encore,
Donnez l'acquit, vous ferez sagement.

Adieu ! chapeau, qu'un agent de police
M'a retenu pour mettre à tous les jours ;
Vieille culotte ! ah ! pendant ton service
Tu n'accusas que de maigres contours ;
Bottes à plis ! de ma reconnaissance
Vous est acquis le tribut désormais,
Car vous avez (du moins en apparence),
Sauvé l'honneur de mes pauvres mollets.

Gais compagnons ! la fade théorie
Et le cheval nous avaient réunis ;
Frères, adieu ! notre tâche est remplie,
Nous nous quittons bons et loyaux amis ;
De vous un cher souvenir je conserve,
A moi songez parfois au régiment,
Et que le ciel à jamais vous préserve
De l'hôpital et du sombre adjudant !

IMPROMPTU

PAR UN MARÉCHAL DES LOGIS DE SEMAINE

———

Voici bientôt ma semaine finie
Sans accidents, et malgré la furie
Du grand Tristan je vois déjà le port,
Encore un jour et je touche le bord !
Mais à propos, soyons dans l'allégresse !
Chassez, amis ! cette noire tristesse !
Tristan nous quitte, et vers d'autres climats,
Il va porter sa fureur et ses pas.
Assez longtemps, intraitable et sévère,
Il a sur nous versé de sa colère,
L'âcre virus ; son pouvoir rigoureux
A fait gémir tous nos cœurs généreux
En nous faisant plus rude l'esclavage,
Que nous souffrons pourtant avec courage.
Adieu ! Tristan ! sois prompt à nous quitter,
Personne ici ne veut te regretter !
Car ton bonheur est de semer la crainte,
De voir pâlir le soldat sous l'étreinte
De ta fantasque et lourde autorité,
D'être de tous pleinement redouté ;
Te voir, pour nous est même une souffrance !
Vas faire au loin trembler sous ta puissance
D'autres sujets ; quand viendra l'avenir
Te rappeler à notre souvenir,

Nous penserons à toi pour te maudire,
On citera ton cœur de fiel et d'ire
Qui se repaît de douleur et de mal ;
Vas !..de longtemps tu n'auras ton égal !
Un noir destin te fit naître gendarme;
Pars ! ton nom seul déjà porte l'alarme
Au nouveau corps qui te doit recevoir;
Pour nous ta perte est un joyeux espoir !
Mais je poursuis Tristan à perdre haleine,
Quand je voulais parler de ma semaine.
De mes projets de plaisirs pour demain ;
Mais tout d'abord j'ai laissé le chemin
Que je voulais parcourir. Je te quitte
Ma plume ; adieu ! vers le fort au plus vite
Je m'achemine, un retard d'un instant
Pourrait jeter tous mes projets au vent,
En m'apportant l'odieuse consigne ;
Mais si ce soir par un bonheur insigne
Je puis encor te saisir un moment,
Nous traiterons un sujet plus charmant,
La brune Angèle ou la blonde Louise,
Les yeux d'Anna, les petits pieds d'Elise,
Et cétera... Sur le pavé bruyant
De nos chevaux j'entends le pas pesant ;
Laissons Pégase, enfourchons une rosse !
Car de rimer Tristan n'a pas la bosse.

. . . .
. . . .

Joyeusement je chantais ce matin,
Mais je comptais sans le fatal destin !

Le tyran reste et son joug qu'on abhorre
Doit sur nous tous peser longtemps encore !
Excusez-moi, je vous avais promis
Un chant joyeux, mais hélas ! je ne puis
Trouver en moi rien que de sombre et triste,
La Muse boude et ma plume résiste !

UN BILLET.

—

T on billet, cher David! a soulagé ma peine
E t m'a fait un instant oublier ma douleur;
I l me semble moins dur le destin qui m'enchaîne
S i ta douce amitié prend part à mon malheur;
S eul et comme exilé dans ma sombre retraite,
O ublié de chacun, accablé de souci
N 'ayant plus que l'espoir de voir mon Henriette
N e dois-je pas haïr un pouvoir sans merci
I nsensé! j'ai voulu fuir le dur esclavage
E t j'ai doublé mes fers!... Merci, David, merci!
R eçois de ton ami les adieux et l'hommage!

D ans quelques jours aussi l'on doit river tes fers.
A utrement que les miens ils seront supportables!
V irginie aura soin qu'ils te soient agréables;
I ls vous seront toujours bien légers et bien chers!
D e vos cœurs les liens doivent être durables!

PREMIERS SOUPIRS

—

La rêveuse, quand le jour tombe,
Une jeune fille souvent
Vient errer, timide colombe,
En écoutant le bruit du vent,
(Ballade).

D'une langueur secrète, en mon âme oppressée,
Je ressens le pouvoir,
Et son charme inconnu captivant ma pensée
Me berce tour à tour et de crainte et d'espoir.

Tout me surprend en moi quand sous l'épais ombrage
Je repose mes pas,
La brise semble dire un suave langage
Que mon cœur seul entend, mais qu'il ne comprend pas.

Quand rêveuse, le soir, je m'assieds sur la rive
Aspirant la fraîcheur,
Un son harmonieux du sein des flots m'arrive,
Bien plus doux que le chant nocturne du pêcheur!

Le peuplier, vers moi, comme une ombre se penche,
Fantôme caressant,
Et mon regard, aux cieux, poursuit l'étoile blanche
Qui file tout à coup et sourit en passant.

Le vent qui vient baiser ma longue chevelure
      De son souffle discret
Apporte à mon oreille un bien tendre murmure,
Comme une voix d'enfant qui veut dire un secret.

Mon calme d'autrefois, les baisers de ma mère
      Ne me l'ont point rendu !
En mes rêves je sens une bouche étrangère
Dont l'haleine pénètre à mon cœur éperdu.

Naguère, on me disait : Prends garde, jeune fille !
      Tu seras femme un jour !
Si de ton sein la flamme à tes yeux monte et brille,
Tu comprendras, alors, ce que c'est que l'amour !

Mais, c'est donc de l'amour que je sens? Chose étrange !
      De moi-même j'ai peur !
Celui qu'en mon sommeil j'aperçois, c'est un ange !
Mère ! un ange du ciel peut-il être trompeur ?

A MA PIPE

O! ma belle pipe! en terre choisie,
Qui de mes travaux charme le loisir;
A plus d'un fumeur, que tu fais envie!
T'aspirer, ma chère! est mon seul plaisir.

Plus blanche d'abord que le blanc ivoire,
Que de tendres soins ma main te donna!
Tu sais bien, bijou! si tu fais ma gloire,
Que sous mes baisers ton cœur se forma!

Mérite n'est point grandeurs, ni richesses,
Humble et sans atours, moi je te chéris;
J'ai fait ta beauté, c'est par mes caresses,
Enfant! chaque jour, que tu t'embellis.

Ainsi que coquette une jeune fille
Tresse les bandeaux de ses bruns cheveux
Et fait ressortir sous noire mantille
D'un sein ferme et blanc les tours gracieux;

A ton front je vois un noir diadème
De ton teint de lys doubler les attraits,
Tandis qu'à ta gorge un collier que j'aime
Offre à mon regard tout l'éclat du jais.

J'aime ton tuyau bien plus doux que l'ambre
Que menace, hélas! le destin pervers,
Qui frêle et léger s'allonge et se cambre
Et sait parfumer des sucs trop amers.

Dès le grand matin, c'est toi la première
Que cherchent mes yeux lors de mon réveil;
Quand l'heure de nuit pèse à ma paupière
Ton haleine encor hâte le sommeil.

Avec toi l'ennui devient supportable,
Ta douce amitié chasse le chagrin,
Quand un fin tabac, plante délectable,
Se brûle odorant au feu de ton sein.

Quand je suis joyeux, ô compagne aimée!
Sans toi je ne puis mon bonheur saisir,
En jets plus épais monte ta fumée
Et par toi je sais doubler mon plaisir.

Le Manille en vain voudrait me surprendre,
Usurpant tes droits d'un air de fierté,
Mais ce n'est bientôt qu'une amère cendre
Que l'on jette au vent d'un doigt dégoûté.

Quand de ton foyer, la vapeur légère
Déroule les plis de ses anneaux bleus,
Mon regard suivant leur fuite éphémère
S'élève charmé doucement aux cieux.

Alors tendrement ma lèvre te presse,
Mon âme s'égare au doux souvenir,
Et dans le sillon que ton soupir laisse
Rêvant au passé je vois l'avenir.

BONNE MÈRE SÈCHE TES PLEURS

—

Pourquoi gémir ainsi sur ton fils? tendre mère!
Qu'a frappé dans tes bras un trop cruel fléau:
Les larmes de leur fiel ont rougi ta paupière
Tant tu veilles pleurant sur son triste berceau.
La mort n'a point osé le toucher de son aile,
Le ciel aura pitié de lui, de tes douleurs;
A ton amour déjà sa bonté le rappelle!
        Bonne mère, sèche tes pleurs!

Comme il avait grandi! sous ton œil tutélaire,
Il souriait si bien, à ses quatre printemps!
Quand d'un funeste mal la jalouse colère
A fléchi sans pitié la tige de ses ans.
La fleur n'est point tombée et sur son front si pâle
Son bon ange versant les plus fraîches couleurs,
Brisera du trépas la puissance fatale;
        Bonne mère, sèche tes pleurs!

Comme le naufragé, frêle jouet de l'onde,
Par les vents emporté doit périr loin du port,
Sans ton enfant chéri tu serais seule au monde,
Pour le rejoindre au ciel tu n'aurais que la mort!
Mais l'orage est passé! Bien douce récompense!
De ton fils un sourire efface tes douleurs,
Dans ton regard, je vois renaître l'espérance,
        Bonne mère, sèche tes pleurs!

LA CARTE D'UN AMI

—

Comme l'on recueille une fleur chérie
De l'ange adoré parure d'un jour
Et que dans son sein relique flétrie
Pieux l'on conserve épave d'amour.

Je te garderai, carte satinée !
Qui vient réveillant mon cœur endormi
Blanche te mirer sur ma cheminée
M'épelant tout bas le nom d'un ami.

Ce nom que sur toi je vois apparaître
M'en dit plus tout seul qu'un long manuscrit ;
Tièdes sont les mots qu'enferme une lettre,
Un nom parle mieux que l'on n'eût écrit.

Les bienheureux jours que ce nom rappelle !
J'y vois mes vingt ans comme en un miroir,
Ami dévoué, maîtresse infidèle,
Plaisirs du matin que je trouve au soir.

Celui qu'ont doué fortune et puissance
Idole est toujours d'amis empressés
Qu'attire de l'or la vile influence
Au vent du malheur bientôt dispersés.

Les pauvres des leurs sont bien plus avares.
Moi, sous-officier, j'en possède peu,
Ils sont dévoués au moins s'ils sont rares,
Ami véritable est un don de Dieu.

Car le plus grand bien c'est d'avoir sur terre
Un frère qui prend sa part du bonheur
Qui nous vient parfois de notre misère,
Qui supporte aussi le poids, la douleur.

Carte, doux trésor! sois la bienvenue!
Le nom que tu dis, je veux le bénir;
De qui t'envoya si je n'ai la vue
Sans cesse par toi j'ai le souvenir.

Si je suis resté dans la foule obscure
Quand pour lui le sort brille plus heureux,
Notre amitié reste immuable et pure,
Au même niveau nos cœurs sont tous deux!

Bijou précieux! j'ai trouvé ta place,
Mieux j'éprouverai ton charme puissant,
Je croirai, son nom touchant à ma glace,
Voir s'y réfléchir les traits de l'absent.

EXISTENCE

Interea fugit irreparabile tempus.

Et bien d'autres l'ont dit : comme un songe qui passe
    Chaque moment s'évanouit,
Le jour succède au jour, un autre le remplace
    Et plus rapidement s'enfuit !

Ainsi la verte feuille aux arbres arrachée
    Loin de sa tige va périr.
Ainsi la blanche fleur, s'effeuillant desséchée,
    A peine éclose va mourir.

Ainsi deux bulles d'air, au sein des claires ondes,
    Que forma la vague en passant,
Vont se perdre bientôt dans les urnes profondes
    Du flot avide et mugissant.

Si l'une quelque temps flotte loin de la rive
    Et meurt en un soupir d'azur,
L'autre rapidement vole, s'approche, arrive
    Et se brise au roc le plus dur.

Toutes deux ont passé ! cherchez en vain leur trace.
    Ainsi nos jours doivent finir ;
Nous vivons, après nous, la tombe ! tout s'efface !
    Tout, jusqu'au plus cher souvenir !

RETOUR DU SIÉGE DE ROME

—

Rome est sans doute un beau sujet
Pour inspirer ma faible muse,
Mais, hélas ! au premier couplet
Mon esprit se trouble et s'abuse ;
Pour chanter convenablement,
Vidons un verre de rogome !
Il n'est rien là de surprenant
Puisque tout chemin mène à Rome ?

Dans le monde on voit bien des gens
Sortis du plus infime étage
Qui de nos jours forts et puissants
Tiennent autrui dans l'esclavage ;
Ils sont pauvres de jugement,
Ils ont de l'esprit, Dieu sait comme !
Ne vous étonnez nullement,
Puisque tout chemin mène à Rome !

Près d'une beauté fort souvent
L'un réussit par hardiesse,
L'autre bien plus subtilement
Gagne le cœur d'une maîtresse ;
Ce qu'une femme aime chez nous,
C'est le caractère et non l'homme ;
L'une veut ferme, l'autre doux,
Tout chemin peut conduire à Rome !

Pasteur d'un immonde troupeau,
Devant un jour porter la thiare,
Sixte-Quint, encor jouvenceau,
Prévoyait son destin bizarre ;
Sous son rustique accoutrement,
Qui lors devinait un grand homme ?
Contre le sort pas d'argument,
Puisque tout chemin mène à Rome !

Lorsque vint ce grand février
Qui remua l'Europe entière,
Chaque soldat se montrait fier
De s'aller battre à la frontière,
Contre le Russe ou l'Autrichien ;
Le pape fuit : l'État vous somme
D'entrer au sol Italien,
Le destin vous conduit à Rome.

Héros : vous voici parmi nous
Rentrés au sein de la famille ;
Dans nos coupes qu'un vin bien doux
A vos lauriers ce soir pétille !
A votre gloire bienvenus !
Chacun de nous ici vous nomme,
Du régiment enfants élus !
Que Dieu vous ramène de Rome.

Mais dans nos cœurs un souvenir
A ceux qui du lointain rivage
Ne doivent jamais revenir !
Qui tombèrent avec courage !

Tout chemin peut mener là bas !
Mais des absents cachons la somme,
Nous verrions que plusieurs, hélas !
Ne sont point revenus de Rome !

LE CHAPEAU

—

Quid levius pluma ? pulvis ; quid pulvere ? ventus ;
Quid vento ? mulier ; quid muliere ? nihil !

C'est toi qu'avait rêvé mon cœur de jeune fille,
Oh ! mon joli chapeau ! tout de gaze et de fleurs,
Tu me sieds à ravir et je suis si gentille
Lorsque mon front joyeux reflète tes couleurs !

J'aime le ruban mauve, enroulant avec grâce
Les contours de tes bords qui s'inclinent coquets,
Ce bouquet de lilas, plein de fraîcheur, qu'enlace
Le pli de ce satin aux chatoyants reflets...

Mais quelques jours après, sur la haute étagère
Se fanait tristement le chapeau condamné ;
A peine si parfois, la grisette légère,
Adressait un regard au pauvre abandonné.

Un autre de velours, aux formes somptueuses
Usurpait tous les droits d'un rival évincé,
Et secouant le flot de ses plumes nombreuses
Attendait qu'un vainqueur à son tour l'eût chassé.

Ce chapeau ! de ton cœur, femme ! c'est le caprice
Qui le change à son gré versatile, inhumain ;
Un jour nous y trouvons passion, sacrifice,
Pour nous il n'aura plus un souvenir demain !

PETITE ÉTOILE

Lorsque je vois briller dans l'ombre,
Parmi les étoiles sans nombre
Une étoile que j'aime tant !

L'horizon se voile
Et l'ombre descend,
Viens ! petite étoile
Mon regard t'attend !

Ta douce influence
Me fait souvenir
Que plein d'espérance
Aux jours à venir,
Mon regard avide
Au ciel te suivait,
Mer calme et limpide
Qui s'illuminait.

Un épais nuage
Te couvrit soudain !
Et depuis l'orage
Je te cherche en vain ;
Mon esquif sans voile
Qui le guidera ?
Sans toi, mon étoile,
Il se brisera !

Mais l'orage passe,
Parfois je crois voir
Douteux dans l'espace
Ton reflet le soir !
Ah ! reviens brillante
Au ciel constellé !
Calmer bienveillante
Mon cœur désolé !

Ton regard, amie !
C'est l'étoile aux cieux,
Que réclame et prie
Mon cœur soucieux ;
L'orage est l'absence
Qui fait tant souffrir !
Ton indifférence
Peut faire mourir !

L'horizon se voile
Et l'ombre descend,
Viens ! petite étoile.
Mon âme t'attend !

A CAPOUE

CHANT POUR VOIX DE BASSE

—

Fils du sol africain, indomptables héros !
Avez-vous donc assez de périls et de gloire ?
Vous vous avilissez dans un fatal repos,
Pouvez-vous sommeiller aux cris de la victoire ?

L'univers étonné tremble de vos exploits,
Du monde à votre aspect pâlit la métropole ;
Mais ce n'est point assez ! vous devez, cette fois,
Renverser à jamais l'orgueilleux Capitole.

Craignez que le géant, courbé par votre main,
Ne relève son front tout souillé de poussière.
Et dans son désespoir ne surgisse demain,
Vous jetant un suprême et sanglant cri de guerre.

Levez-vous ! reprenez vos glaives triomphants,
Frappez un dernier coup ! que de Rome écroulée,
Vous puissiez contempler les décombres fumants !
De son pouvoir éteint immense mausolée !

Fils du sol africain, indomptables héros !
Allons chercher encor les périls et la gloire ;
Le courage redoute un flétrissant repos,
Courons nous éveiller aux cris de la victoire !

UNE CHAMBRE A DEUX

—

Dans un grenier qu'on est bien à vingt ans !

Douce et franche amitié, viens, c'est toi que j'invoque,
Viens conduire ma plume inconstante et baroque!
Je veux en quelques mots, à mes amis nombreux,
Montrer le mobilier de ce réduit heureux
Où Cliquenois et moi faisons ménage ensemble,
Dire les agréments, les beautés qu'il rassemble
Et les convaincre tous que pour loger l'amour
Un galetas souvent est un charmant séjour.

Nous possédons tous deux de joyeux caractères
Et sommes par nos goûts de véritables frères,
Aimant tous deux le bal, les plaisirs, les amours,
Sans peine, sans souci du temps suivant le cours,
Laissant aller nos cœurs à la voix qui nous presse
De ne point assombrir les jours de la jeunesse
Par de graves pensers, ou rêves soucieux,
Songes creux en un mot! Lorsque devenus vieux,
L'amour aura quitté la couche solitaire
Qui nous reposera, nous nous dirons: Mon frère!
Te souvient-il du temps heureux de nos plaisirs?
Lors nous évoquerons de bien doux souvenirs!
Et quand nous redirons Pauline, Anna, Julie
L'écho répétera Victorine! Amélie!

Alors... Mais je me perds, je crois, à discourir
Et ma plume indocile à son gré veut courir
Revenons au présent! La riante nature
Sous les doigts de l'hiver dépouille sa parure,
De neige se couvrant et pour se divertir
Comme naguère aux champs on ne peut plus partir,
Quand de nos environs tous deux hantant les fêtes
Inconstants, en tous lieux, nous faisions des conquêtes;
Il est passé le temps où joyeux matelots
On s'embarquait sans crainte en de légers canots
Et qu'en hardi marin chacun changeant sa belle
A nos chants de gaieté souriait la Moselle!
On revenait bien tard; par la brise excités
Nos cigares fumants de leurs faibles clartés
Éclairaient seuls discrets notre course amoureuse,
On abordait toujours la plage aventureuse
Sans le moindre danger, Cupidon n'y voit pas!
Mais l'onde jusqu'au bord nous portait dans ses bras;
Chacun de nous alors couronnait sa journée,
Par une nuit plus douce et bien plus fortunée!

Mais plus de ces plaisirs! bien des fois cependant
Malgré le vent, le froid, la neige et l'adjudant.
Fuyant loin du quartier, demeure triste et sombre,
Au soir, on nous a vu tous deux glisser dans l'ombre,
Cachant sous nos manteaux l'objet de nos amours
Mais peut-on par le gel ainsi courir toujours?
Le cœur le plus ardent se refroidit bien vite
Si le corps ne possède un bon toit qui l'abrite.

Sages et prévoyants nous occupons à deux
Un modeste réduit situé près des cieux

(Car le bonheur, dit-on, n'habite point la terre)
C'est là qu'on peut aimer loin du méchant vulgaire,
C'est là que l'amitié nous trouve tous les jours,
C'est là que chaque soir on revoit ses amours ;
Le chagrin est banni de notre domicile,
On le laisse à la porte ; à notre voix docile
Le bonheur seul y vient ainsi que la beauté ;
Peignons en quelques traits ce lieu de volupté !

Ne cherchez ni lambris, ni décors, ni dorure,
Des murs un vieux papier est l unique parure
Et votre œil ne pourrait y voir d'autres tableaux
Que ceux que nous formons, (ils n'en sont pas moins
[beaux !)
Le plancher en sapin est net de toute ordure,
Le lit que nous foulons est d'antique structure,
Une épaisse paillasse, un chétif matelas
De nos Houris sont fiers de porter les appas ;
Les draps sont presque blancs et contre la froidure
Nous défend bien ou mal un humble couverture ;
Un édredon poudreux fort souvent dans la nuit
Cédant à nos transports sur le plancher s'enfuit.
Ce séjour est meublé de quatre vieilles chaises,
Deux seules suffiraient, car pour avoir leurs aises
Nos belles à l'envi grimpant sur nos genoux
S'en font à qui mieux-mieux des sièges bien plus doux.

Une commode aussi nous offre ses services
Dans ses profonds tiroirs au gré de nos caprices,

On peut voir pêle-mêle une blague, un bonnet,
Une épaulette, un col, des bottes, un corset,
Jusqu'aux rares débris du repas de la veille ;
Dessus, vous trouverez encore une bouteille
Impromptu chandelier, un peigne, deux couteaux,
Un flacon de pommade, à côté des morceaux
D'un journal illustré, même une jarretière,
Au bord du pot à l'eau montrant sa tête altière,
Tel est l'ordre qui règne en notre cher taudis.

Lorsque pour reposer nos membres engourdis
Nous revenons l'hiver, après le bal *Saint-Georges*,
Poursuivis par le rhume ou par les meaux de gorges,
En notre logement notre petit fourneau
Contre tous accidents garde notre cerveau,
Nous prodiguant alors sa chaleur bienfaisante ;
C'est plaisir d'écouter son haleine ronflante !
Il nous sert à la fois et d'âtre et de réchaud
On fait souvent dessus un copieux vin chaud
Qu'avant de se coucher on absorbe en famille.
Sur trois pieds inégaux la table qui vacille,
Sans doute en d'autres temps a vu d'autres destins,
C'est avec son secours que nos petits festins
Se font le plus souvent sans nappe, ni serviette,
Pour quatre nous avons une unique assiette ;
(Car en fait de vaisselle étant très dénués,
Nous n'avons que deux plats par l'âge exténués,
Sauf à vous dire encor qu'une petite table
Renferme dans ses flancs un vase indispensable)

L'absinthe est la gaieté qui préside au repas,
Le vin n'est pas exquis, mais on n'en laisse pas,
L'amour fait l'appétit. O vous! qui du ménage
Ignorez les douceurs, lorsque l'amour volage
Viendra vous enlacer de ses aimables rets,
Invitez vos tendrons à ces repas secrets
Où l'on boit tous les deux au seul et même verre!
Si sa vertu d'abord fut farouche et sévère
Après votre repas vous aurez un agneau
Qui viendra trébucher de lui-même au panneau
Qui lui sera dressé. Lors, vous me rendez grâce!

Je vous présente encor cette petite glace,
Qu'à nous, en souvenir, une amie a donné,
Qui voit plus d'un minois au matin chiffonné
Réparer les échecs reçus par sa coiffure
Dans les événements d'une nuit trop obscure.
Nous pouvons espérer que dans notre miroir
Mainte beauté sensible encor voudra se voir!
Enfin, des deux côtés se trouve une fenêtre,
D'où l'on guette le soir sa maîtresse apparaître,
Par où peut pénétrer le regard du soleil
Qui vient d'abord chez nous et joyeux et vermeil.

Et voilà ce réduit! si simple, si tranquille!
Où l'on vient oublier sa position servile,
Loin du triste quartier, où malgré l'adjudant
Après le contre-appel on s'esquive imprudent;
Il verra bien encor de joyeuses folies!
Après le bal le soir, que de bonnes orgies!

Lorsque le carnaval accourant à grand pas,
La redoute à son tour nous ouvrira ses bras ;
Alors foulant tous deux dans un bruyant délire
L'élastique parquet, un bénigne sourire,
Pour nous, sous plus d'un masque, apparaîtra soudain
Alors pour le retour nous confiant sa main
Une belle inconnue aimable et peu sévère,
Soit titi, domino, duchesse ou bien bergère,
Viendra jusque chez nous ; là pour l'un de nous deux
Le masque tombera, nous verrons ses beaux yeux
(Ils devront l'être au moins !) et dans notre domaine
Nous pourrons installer nouvelle souveraine.

SOUS LES VERROUX

—

Dans ce triste séjour ou l'ennui me désole,
Où pénètre à regret la lumière du ciel,
Ton amour, Haïdé, me charme et me console,
De mes profonds chagrins adoucissant le fiel
Auprès de toi, souvent mon âme se transporte
Et ton bien doux penser m'emplit d'un tendre émoi
Dès que la Liberté m'entrouvrira la porte
O! ma chère Haïdé! je volerai vers toi!

Ainsi qu'un malfaiteur, des puissants la colère
Me condamne à l'exil, mais tu m'aimes toujours!
Cet espoir seul me rend la prison moins amère,
Et moins triste j'attends après de meilleurs jours;
Ma tendresse pour toi plus que leur rage est forte!
Ton cœur a bien aussi quelques pensers pour moi!
Quand de ces sombres lieux s'entrouvrira la porte,
O! ma tendre Haïdé! je volerai vers toi!

Qu'ils me sont ennuyeux ces jours de servitude!
Qu'ils sont longs sans te voir, sans amoureux baiser!
Avec toi je pourrais bénir ma solitude,
Rien ne peut loin de toi mes regrets apaiser;
Cependant au bonheur mon âme n'est point morte
En ton affection, mon seul espoir, j'ai foi!
Bientôt de ce réduit je franchirai la porte,
Bientôt, chère Haïdé! je serai près de toi!

FAR-NIENTE

—

Sub tegmine fagi.

Je foule, de gazon, ma couche parfumée
    Sous l'orme protecteur ;
Tandis que, sur mon front, de sa tige embaumée,
La simple fleur des champs épanche la senteur.

Mon œil, au firmament, suit le changeant nuage
    Qui passe en s'effaçant ;
Et plus loin reparaît, trop inconstante image :
Qui semble me sourire, ou fuit en grimaçant.

Je vois de moucherons l'essaim qui tourbillonne,
    Image du plaisir !
S'agiter ondoyant, gigantesque colonne !
Insectes du matin que le soir voit périr.

Du soleil, au couchant, l'ombre de la colline
    A voilé les rayons ;
Joyeux le laboureur au logis s'achemine
Et me jette un refrain en quittant ses sillons.

Dans l'éther azuré l'hirondelle gazouille
    Son chant harmonieux ;
Et dans l'onde où son aile en s'abaissant se mouille,
Elle trempe son vol, puis regagne les cieux.

Le flot en clapotant vient briser au rivage
    Ses multiples anneaux.
La feuille du peuplier conte son babillage
Au vent follet du soir qui fait rire les eaux.

L'ombre descend toujours, déjà file l'étoile
    Mouvante au firmament ;
A mon regard bientôt tout s'éteint et se voile
Et je quitte à regret mon doux enchantement.

LE MULETIER

MUSIQUE DE A. LAJARTE

—

Je suis un heureux muletier
A chacun mon sort fait envie
J'ai deux mules d'Andalousie
Au pied d'airain, au front altier ;
Je suis jeune, j'ai du courage,
Sous mon chapeau large de bord
Bravant le soleil et l'orage,
J'amasse de beaux écus d'or !

Par les bons, par les mauvais jours,
Sur tous les chemins de Castille,
Je marche avec ma pacotille,
Chantant l'Espagne et mes amours ;
L'espoir est la douce auréole
Qui vient animer mon ardeur,
Et grâce à ma bonne espingole
Du bandit je n'eus jamais peur.   Je suis, etc.

Près d'une modeste villa
Je passais, quand je vis paraître
Rêvant penchée à sa fenêtre
Une gentille manola ;

Je m'arrêtai ; son doux sourire
Fit tressaillir mon être entier,
Car son regard semblait me dire :
Je t'aime, ô mon beau muletier!   Je suis, etc.

Aussi je l'aime! et l'an prochain
Quand reviendra Pâques fleurie,
Stella, ma maîtresse chérie,
Promet de me donner sa main !
Mules, redoublez de vitesse!
Je veux avoir pour ce beau jour,
Presque autant d'or que de tendresse,
En échange de son amour!   Je suis, etc.

L'HIVER

. . . . Geluque
Flumin constiterint acuto.

L'hiver ! triste saison où la nature est morte
Quand le vent froid du nord gémit ses chants glacés
Aux angles de nos murs, au seuil de chaque porte,
Nous soufflant les frimas tous de givre hérissés.

L'arbre nu, dépouillé de sa feuille d'automne,
Par la brise transi, frissonne en ses rameaux,
Lorsqu'en épais flocons la neige tourbillonne,
Voilant d'un blanc linceuil et palais et tombeaux.

Dans la campagne en deuil, j'entends la gélinotte
Demi-morte de faim jeter son cri plaintif,
Tandis que sur nos toits, le pinson qui grelotte
Oppose en vain sa plume à l'aquilon trop vif

L'onde a bientôt perdu son gracieux murmure
Et pleure les ajoncs qu'elle aimait à bercer ;
Sur le lac prisonnier la terrible froidure
Apporte les glaçons que l'on voit s'entasser.

Et ces jours sans soleil froissent notre âme en peine
D'un chagrin noir comme eux, incompris et poignant,
Et la nuit trop souvent de douleur longue et pleine,
Sur son grabat raidi torture l'indigent.

Pour le riche, l'hiver est la saison de joie,
Sous ses lambris dorés on entend retentir
Les sons, les chants joyeux que l'allégresse envoie
Au pauvre sans abri, qui de froid va périr.

Riche! tu n'es pas seul passager sur la terre!
Un bienfait est souvent plus doux que le plaisir;
Retranche à tes festins, en songeant que ton frère
Succombe et que tu peux l'empêcher de mourir!

LE BAL MAGUIN

A MON AMI LANDWERLENN.

—

La vie est un long bal,
Ou chacun à sa guise
Se démène tant bien que mal,
Et toujours se déguise.

A mes profonds ennuis cherchons quelque remède,
M use! en ces sombres lieux je t'appelle à mon aide;
O n m'enferme tout seul sous d'horribles verroux,
N arguons de nos tyrans le fiel et le courroux!
A près les mauvais jours, la liberté si chère
M e tirera joyeux de ce sombre repaire;
I nventons quelques vers pour charmer mon exil,
L aissons pour un instant ma prison, vrai chenil,
E t courons chez Maguin taquiner les grisettes.
B al Maguin! si fécond en faciles conquêtes!
A mour jamais n'y put essuyer de revers,
L a beauté d'elle-même y vient chercher des fers.
M aintes fois vous avez visité cette salle,
A votre bras, bien fier, traînant une vestale
G rignotant votre bourse ainsi que votre amour;
U ne description de ce dansant séjour,
I ci serait sans doute une inutile image;
N ous allons esquisser chaque vierge au passage.

R econnaissez d'abord ce minois chiffonné,
A nette, à Landwerlenn ses faveurs a donné ;
S i son jupon froissé ne cachait quelque vice,
P lus d'un voudrait tenter d'en faire son caprice ;
A nette a les genoux fortement contournés.
I l est vrai qu'en naissant ils lui furent donnés ;
L es défauts naturels cachent une belle âme !

B aissons un peu le ton, c'est l'objet de ta flamme !
A quel titre ? J'ignore. Elle a pu cependant,
V erser à tous tes maux un baume adoucissant,
E n te donnant ses soins. Dans les champs de Cythère
U n jour elle sera ton bien digne adversaire,
S ous les traits de l'amour, il ne faiblira pas !
E n attendant, du sort répare les dégâts.

V oici de notre bal, la folle souveraine.
I ntrépides beautés, saluez votre reine !
C aron, que jusqu'ici nulle n'a surpassé,
T a gloire doit survivre à ton règne passé !
O ù trouver un démon plus hardi, plus volage ?
R ien ne lui plait autant que le bruit, le tapage.
I nvincible danseuse, on admire tes pas !
N ous avons tous été témoins de tes combats,
E t jamais une larme a mouillé ta paupière.

S aladin ! ce nom seul est un beau nom de guerre !
A u bal comme autre part on a pu voir toujours
L es trois sœurs combattant pour le dieu des amours.
A h ! craignez leur fureur, imprudente rivale !
D éfiez-vous, leur vengeance est terrible et fatale
I l est plus d'un chignon qui dirait sagement :
N e vous risquez jamais à leur prendre un amant !

M ais voyez donc passer cette grande édentée,
A utrefois par nos chefs elle se vit fêtée ;
R este fort suranné, personne n'en veut plus.
I l est loin son jeune âge, et ses soins superflus
A tresser ses cheveux, à soigner sa parure,
N 'ont pu du temps malin dissimuler l'injure.
N e lui parlez jamais, car son souffle empesté,
E xhale à qui l'aborde un poison redouté.

F olâtre, aimant à rire, ayant le cœur fort tendre,
A ses grands yeux malins on peut se laisser prendre ;
N 'allez pas de son dos explorer les contours,
N 'allez pas de son sein palper les alentours,
Y trouver des appas serait trop difficile !

A charmer tous les cœurs, voici la plus habile !
N oble dans sa tournure et noble en son maintien,
N ous aimons à la voir, elle cause très-bien.
A h ! si de ses faveurs elle était plus prodigue !

A dmirable lutin, son babil vous intrigue,
L a danse est sa fureur, le bal son élément ;
B aillet, sans contredit, est un heureux amant.
I l doit bientôt, dit-on, contracter mariage,
N e pleurez pas, enfant, de votre doux visage,
E xpulsez promptement ces inutiles pleurs.

J e l'eus un jour, un seul ; après, que de douleurs !
U nique dans ses goûts, pour boire sans rivale,
S a soif n'a pas de nom, sans relâche elle avale ;
T antale en fut crevé ; même après son tourment,
I l n'eût jamais tant bu qu'elle certainement.
N ul ici n'en fait cas ; au buffet retirée
E lle est souvent émue et toujours altérée.

C 'était naguère encore une fleur de beauté,
O n ne le dirait point, car un mal redouté,
R avageant les attraits dont brillait son visage,
A gravé sur son front les traces de sa rage ;
L e cœur est toujours bon, trompeurs sont les dehors !
I l ne faut pas juger l'âme d'après le corps ;
E lle a par son esprit gardé son influence.

M asquée, à la Redoute, elle a quelque puissance ;
E n page je la vis souvent faire fureur ;
L tournure est très bien, la figure fait peur.
A vec son nez crochu, son horrible mâchoire,
N aguère un employé de l'obtenir fit gloire
I Il eut beau ménager festins, cadeaux, écus,
E En moins d'un mois elle eut mangé ses revenus.

L 'amour, dit-on, la prit bien jeune à son service :
O ne saurait fixer son volage caprice,
U ne place est toujours vacante dans son cœur ;
I nsensé qui croirait y régner en vainqueur ;
S a beauté, sa fraîcheur triomphent des années,
E t l'on est toujours fier de ses faveurs donnés.

C 'est un talent que d'être aimable sans beauté ;
A gréez notre hommage, il est bien mérité ;
R estez toujours ainsi ! moins vaut belle qu'aimable !
O n vous dit à Cythère une femme admirable ;
L e complaisant milord fournit à vos besoins ;
I l ne faut pas pour lui repousser tendres soins,
N e le rebutez point, usez de sa largesse
E t d'un amour moins vieux favorisez l'adresse.

4

H eureux, à son aspect mon cœur s'épanouit,
E n vain tu crois, jaloux ! que l'orgueil éblouit,
N 'avoir que pour toi seul sa grâce enchanteresse.
R ien ne peut m'empêcher de briguer sa tendresse !
I l n'est de fruit bien doux que le fruit défendu !
E t pour toi son amour à jamais est perdu.
T u chercheras en vain la paix dans ton ménage,
T u te consumeras de dépit et de rage,
E lle est à moi de cœur! qui me l'a dit? Ses yeux !

C'est bien assez tracer de portraits curieux,
Arrêtons-nous, ma plume, et dans la galerie,
Laissons, laissons en paix plus d'une vieillerie
Étaler au public ses trop suspects appas,
Qu'on devine aisément et qui ne tentent pas.
Craignons de trop vexer la féminine engeance,
Je pourrais m'attirer sa griffante vengeance.
Pourtant je trouverais encor d'autres beautés
Dont je pourrais ici narrer les qualités ;
De Suzanne, chacun connaît la langue infâme,
Lucie, à Cliquenois a conservé sa flamme
Pendant onze grands mois ! Miracle surprenant !
Mais de quoi s'étonner, depuis qu'en un couvent,
Joséphine, du ciel implorant la clémence,
S'est vouée elle-même à faire pénitence ?
Hortense, on pourrait voir plumant certain pigeon,
Marie exécutant un superbe plongeon ;
Je chanterais aussi les exploits de Fleurette,
Tombnat des escaliers avec sa chaufferette ;
Je montrerais Clara plus rouge qu'un homard,
De Rose on entendrait le timbre nasillard.

Sur notre cher prochain, c'est bien assez écrire,
On pourrait à bon droit sur mon compte médire ;
Songeons à nos défauts et demandons merci !
Mon but, il est atteint, car j'ai bien réussi
A m'égayer un peu de ma propre folie,
En chassant le chagrin et la mélancolie
Qui voudaient envahir mon esprit si joyeux ;
Si je suis seul ici, je suis roi de ces lieux !
Le crime pour lequel j'endure ma souffrance
Charge, ma foi, bien peu ma large conscience ;
Je m'aime trop ainsi, je ne veux point changer,
Ils pourront me punir, jamais me corriger ;
Vous avez, disent-ils, la tête trop volage,
On doit être posé, sérieux, à votre âge ;
Ils ont beau me crier : l'avenir ! l'avenir !
Moi, je ferme les yeux pour ne rien voir venir ;
Le plaisir est si doux, la femme si tentante,
Et de la volupté la voix si séduisante,
Que je marche ébloui, sans crainte du remords
Lorsque j'aurai passé le fleuve aux sombres bords,
Que m'aura donc servi d'être plus raisonnable ?
Chacun a son défaut plus ou moins redoutable,
La Fontaine l'a dit, et le mien c'est d'aimer ;
Par deux beaux yeux, toujours je me laisse charmer,
Et l'on m'en fait un crime! Allons donc! chose étrange,
L'un appelle la femme un démon, l'autre un ange ;
Pour moi, la femme est tout, et j'ai vu bien des fois
Ses plus grands ennemis enchaînés à ses lois ;
Qu'elle soit un démon, un ange par nature,
Elle n'en est pas moins divine créature.
Je dis plus (vous pouvez contester à loisir),

Ici bas, sans la femme il n'est pas de plaisir!
Ah ! mon cher Landwerlenn, si quelque aimable brune
Venait dans ce séjour plaindre mon infortune,
Cette prison pour moi serait presque le ciel ;
Que c'est long, quinze jours d'esclavage et de fiel,
Sans un regard d'amour, sans un baiser de femme,
Quand on a le cœur plein de dévorante flamme !
Que dis-je ? Quinze jours ? Huit jours sont déjà passés,
Et les jours de douleurs sont bientôt effacés
Au souffle du plaisir ! Cette nouvelle année
Sera pour moi peut-être un peu plus fortunée ;
Patience, courage, et bientôt chez Maguin
Nous pourrons souhaiter favorable destin
A toutes les houris de ce joyeux empire ;
Combien nous donneront leur cœur dans un sourire!
De leurs douces faveurs si nous fûmes sevrés
A la coupe d'amour nous boirons enivrés !

Adieu ! bien cher ami, si tu vois Henriette,
Embrasse bien pour moi cette aimable fillette ;
Si Caroline, au bal, vient s'offrir à tes yeux,
Donne-lui de ma part un bonsoir gracieux ;
Avec elles, tu peux être aimable, mais sage !
Un message d'amour est un pieux message.
Et si mes pauvres vers t'ont fait quelque plaisir,
Ils auront contenté mon unique désir.
Il est vrai que pour toi bien chétive est ma rime,
Mais au fond de mon cœur bien grande est mon estime.

DÉCEPTIONS

—

Que suis-tu, voyageur haletant sur la route ?
L'Espérance ! demain je l'attendrai sans doute !
Et toi, penché rêveur sous cet orme encore vert,
Qu'attends-tu ? je soupire et je regrette hier.

Oh ! que l'illusion est douce au premier âge !
A votre âme d'enfant rayonne l'avenir,
Au ciel de votre vie, il n'est pas de nuage,
    Dans le bonheur pas de soupir ;
Plus tard, le noir chagrin vient déchirer le voile
    Qui cachait le monde agité ;
Trop heureux si pour vous brille encore une étoile
    Sur cet océan tourmenté.

Enfant, moi j'ignorais le froid de la misère,
La douleur, sur mon front, jamais n'avait passé,
Alors je regardais chaque humain comme un frère
    Sur terre ainsi que moi placé.
De ma simple candeur, des passions l'haleine
    N'avait point terni le miroir ;
D'espérance et d'amour mon âme était pleine !
    Qu'à l'horizon rien n'était noir.

Alors, de la vertu, je croyais à l'empire,
L'honneur bien plus que l'or me semblait attrayant,
Je voyais l'amitié fidèle me sourire,
    De son sourire bienveillant.

En mon cœur plein de foi, je vénérais la femme,
    Je croyais au sincère amour.
Et je ne savais pas, innocent! que sa flamme
    Pouvait ne brûler qu'un seul jour!

Mais de l'illusion s'est éloigné le prisme
A la pâle lueur de la réalité;
Mon âme a vu briser au roc de l'égoïsme
    Sa crédule naïveté.
De l'amère douleur la terrible puissance
    M'a fait redouter l'avenir;
J'ai porté sur mon sein le poids de la souffrance
    Et des regrets qui font mourir.

Oui! les ans sont passés, ainsi que sur la grève
La lame en s'enfuyant emporte les débris,
J'ai vu, pauvre insensé, s'éclipser chaque rêve,
    Par la déception surpris,
Mon âme, vers les cieux, avide d'espérances,
    Avait cru s'élever d'abord,
Et je pleure aujourd'hui mes plus belles croyances,
    Jouet d'un océan sans bord !

L'ADJUDANT NOIR (Complainte)

—

La salle des rapports, triste et sombre demeure
Où règne l'adjudant, cet être redouté !

Dieu ! quelle affreuse nouvelle,
Sergents, va vous tourmenter !
Faudrait la plume de l'aile
De Satan, pour la conter ;
Je vois d'épaisses ténèbres
Sur nous tomber et pleuvoir,
Mettez des crêpes funèbres,
Car mon sujet est très noir.

Jean Couteau, la nuit dernière,
En songe rêvant son deuil,
Voyait son drap mortuaire
S'étendre sur son cercueil ;
Il se lève, l'âme noire ;
Par un infernal pouvoir,
Sa main plonge en l'écritoire
Pour nommer l'adjudant Noir.

Noir de nom, noir de nature,
Noir de poil et noir d'esprit,
Telle est la noire peinture
Du Cerbère qu'on choisit ;

Je ne sais si, par revanche
(Car on ne peut tout savoir)
Il se trouve une âme blanche
Dans un être ou tout est noir.

Pauvres sergents de semaine !
Las d'un service ennuyeux,
Qui vous riez de la peine
En dormant à qui mieux-mieux,
Plus ne tirez de carottes !
Trottez du matin au soir ;
Que vous userez de bottes,
Sous ce bon adjudant noir.

Vous que la consigne garde,
Craignez de vous absenter,
C'est le meilleur chien de garde
Qui saura vous dépister ;
Et l'inflexible trompette
Viendra vous crier le soir :
Allez lever la casquette
A ce bon adjudant Noir !

Et vous, pratique constante
D'Aubert où l'on est si bien,
Craignez Pallas l'inconstante
Et son perfide entretien ;
C'est l'heure ! sans plus attendre,
Regagnez votre dortoir !
Sans cela vous pourriez prendre
A l'ombre du café noir.

Au règlement, trop fidèle,
Comme on le verra courir !
Et par l'excès de son zèle,
Il devra bientôt maigrir ;
Il deviendra pâle et blême,
Accablé par son devoir,
Et dans ce cas, je crois même,
Qu'il deviendra blanc de noir.

A UNE PARISIENNE

—

Ne sais-tu pas que la Murcie,
La Grenade et l'Andalousie
Ont invité la plus jolie
Des Manolas pour la Jota ?

Tu n'avais qu'à venir, belle fleur de Lutèce !
   Rieuse, en ce triste séjour,
Etaler à nos yeux ta grâce et ta jeunesse
Pour éveiller nos cœurs oublieux de l'amour.

Loin de ton beau Paris, pourquoi porter ta grâce ?
   Ange exilé du firmament !
Ne crains-tu pas qu'ailleurs le noir souci n'efface
Ce sourire à ta lèvre éclos et permanent ?

Sur sa tige, au matin, la première pervenche
   Eut-elle jamais ta fraîcheur ?
Au souffle du printemps quand la rose se penche
Livre-t-elle aux zéphyrs plus suave senteur ?

Et le frêle roseau que la brise caresse,
   Au soir, de ses baisers d'amour,
En se courbant vers l'onde, a-t-il plus de souplesse
Que la taille cambrée au gracieux contour ?

Et l'oiseau, qui chantant se balance timide
    Est-il plus que toi soucieux?
Et le ruisseau des champs est-il donc plus limpide,
Sur son sable argenté, qu'un regard de tes yeux?

A nos cœurs de quinze ans, quand notre âme charmée
    Le premier amour révélait,
L'être que nous rêvions sous une forme aimée
Était beau comme toi, comme il te ressemblait!

Merci d'être venue embellir notre fête;
    Enfant, ton aspect enchanteur
Dans la foule fera tourner plus d'une tête,
En secret, ton regard, palpiter plus d'un cœur.

LES COURS DE L'ÉCOLE D'ARTILLERIE

—

Pour devenir savant il faut perdre la tête,
Qui veut trop raisonner à la fin devient bête

Du semestre d'hiver le temps brumeux et sombre
Déjà se fait sentir, d'instructions sans nombre
Nous sommes accablés; il nous faut tous les jours
Assister malgré nous à ces ennuyeux cours,
Où la foule à l'envi de grand cœur peste et bâille,
On dort, en attendant qu'à la fin l'on s'en aille.
Pour chacun de ces cours il est un professeur,
De ce qu'il nous apprend plus ou moins connaisseur,
Qui pour lui seul souvent et pérore et débite
Et ne se doute pas que son plus grand mérite
Est de nous embêter. Aujourd'hui, cours spécial,
Demain, cours de dessin fait par M. Marsal.
Ce soir M. Girard et sa géométrie;
De tous ces documents ma cervelle pétrie
S'embrouille en leurs calculs; l'un nous parle si bas
Que le fourrier Régnier se plaint qu'il n'entend pas;
L'autre, en vrai collégien, récitant son histoire
Trace mille traits blancs sur une planche noire.
Moi qui ne doute point de ses capacités
J'adopte ce qu'il dit comme des vérités
Et tandis qu'au tableau satisfait il efface
Je m'esquive au café voisin prendre une tasse

D'un moka bien sucré, bien chaud et bien vermeil
Qui m'aide à repousser l'invincible sommeil...
Malgré tes mots choisis, ta science et tes gestes,
Tes saucissons, Martin! nous sont trop indigestes;
Ton éloquence en vain veut les faire goûter,
Nos esprits fatigués n'en veulent point tater!
Ma tête de calculs à la fin harassée,
Laisse avec le regard s'échapper la pensée
Vers l'antique plafond de ces lambris poudreux,
Aujourd'hui sans éclat, autrefois somptueux,
Et tandis, qu'à grands frais, maint Théorème on
                                        [prouve,]

Que de beaux souvenirs sur les murs je retrouve!
Que de fêtes, de bals réjouirent ces lieux!
Maintenant pour nous tous redoutés, ennuyeux.
Aux glaces, je revois leur si fraîche dorure,
Je fais des vieux papiers ressortir la peinture,
D'un prélude brillant je crois ouir les sons
Une voix inconnue a murmuré : Valsons!
Et des couples joyeux la foule impatiente
Sous les lustres accourt et folâtre et bruyante.
Dans les yeux, que d'amour! dans les cœurs, que
                                        [d'espoir!]

Que de traits gracieux aux glaces se font voir!
Que de bien doux serments! que de tendres pensées!
De paroles d'amour aux lèvres oppressées!
Que de regards de feu sur ces fronts rougissants!
Que de tremblantes mains sur ces seins bondissants!
Pour tous ces cœurs épris il n'est qu'un seul problème
Dont la solution est ce doux mot : Je t'aime!

Tout est bonheur, tout brille en cet appartement
Tout m'enivre!... Au plus fort de mon ravissement,
La voix du professeur criarde et détestable
Fait cesser tout à coup mon extase ineffable ;
Tout a fui, fleurs, bijoux et lustres et rubans !
Plus rien ! qu'un tableau noir, un poêle, quelques
[bancs,]
Un pauvre lieutenant vers le bout de la table,
Aspirant du quinquet la vapeur exécrable ;
Un grand benet debout au centre du tableau,
Muet, la craie en main et le front tout en eau,
S'esquinte à démontrer de savante manière,
Qu'au moyen d'A plus B la chose la plus claire
Peut fort bien devenir un horrible chaos,
Où les chiffres blessés luttent avec les mots,

LE TABLEAU

—

Tableau sombre et noir
Quand je viens le soir,
Devant toi m'asseoir,
Objet de mes haines!
Je sens malgré moi
Le dégoût, l'effroi
Glisser dans mes veines.
Ton corps ténébreux
Plein de traits nombreux
Qu'un esprit trop creux
Jette en avalanches,
Semble un noir cercueil,
En un jour de deuil,
Plein de larmes blanches.

LA MARGUERITE (Romance)

—

No cueillez pas la Marguerite,
Eclose au souffle du printemps !
Laissez cette pauvre petite
Briller encor quelques instants !

L'hiver s'enfuit et sur la branche
L'oiseau redit son chant joyeux,
De sa corolle rose et blanche
Paquerette charme les yeux ;
Elle n'a pour toute richesse
Que sa fraîcheur et pour trésor
Que le zéphyr qui la caresse,
Que du soleil un rayon d'or.

Sans parfum, elle est gracieuse ;
Humble fleur qu'on foule en passant ;
C'est une étoile radieuse
Au ciel vert du gazon naissant ;
Regardez-là ; comme elle est belle
Avec ses champêtres atours !
Sa simplicité vous rappelle
Premiers ans, premières amours.

De votre jalouse tendresse
Ne la prenez pas à témoin,
D'effeuiller ainsi sa jeunesse
Dites-moi ; qu'avez-vous besoin ?
Si vous demandez des oracles,
Consultez plutôt votre cœur ;
Car pour opérer des miracles
Trop naïve est la pauvre fleur !

A MON CALEPIN (BOUTADE)

PAR UN MARÉCHAL DES LOGIS CHEF

—

Cher calepin! que de misères
Se colleront sur ton vélin!
Rapports, punitions, colères!
De Beauroc aussi le venin
S'y distillera sous la trace
De ton burin capricieux
Qui tantôt peint, tantôt efface;
Des couplets y seraient bien mieux!
Depuis que dans les écritures
Je me trouve hélas! employé,
En mon esprit plus de peintures;
Dans les paperasses noyé.
Le plus léger oubli, c'est crime!
Comment méditer quelquefois?
Quand je veux chercher une rime,
L'adjudant Major j'aperçois.

Adieu Muse! adieu Poésie!
Adieu! mon bien doux passe-temps!
De consigne on me rassasie.
On fatigue tous mes instants
De fades calculs, de service,
De police et de réglement
A tel devoir, à tel caprice,
Il faut obéir promptement.

Sinon, pauvre oiseau, vite en cage!...
Nous tâcherons de l'éviter
Réserve toujours quelque page ;
Si parfois je puis méditer,
Parmi tant de notes bizarres,
Peut-être verra-t-on fleurir,
Quelques vers étiques et rares
Qui ne naîtront que pour mourir,
Humbles fleurs de ma faible rime!
Qu'à temps perdu je produirai,
Si d'aucun vous n'avez l'estime
Moi, mes enfants! vous chérirai.
Non pour autrui, ma pauvre Muse,
Ne veut briller, mais seulement
De ses caprices je m'amuse,
Inoffensif amusement!

Adieu calepin!... au contraire
Tu ne dois jamais me quitter ;
Du puissant fureur et colère
Avec toi je puis affronter ;
Avec ton aide secourable
Je puis éviter sa rigueur,
Et de sa griffe inexorable
Me garantir avec bonheur.

A toi! mes peines, mes tristesses,
Aussi quelquefois mes amours ;
Nous aurons des jours d'allégresses
Parmi les autres mauvais jours ;

Si la gaieté vient nous sourire,
Ne songeons pas au lendemain !
Si quelque page se déchire
Que ce soit celle du chagrin !

ADIEUX A GENNY

—

Pourquoi, chère Genny ! le destin implacable
Veut-il nous séparer ! Adieu, notre bonheur !
Car d'un cruel devoir, l'arrêt inexorable
Doit rompre nos amours et briser notre cœur.

Que dis-je ? notre amour doit survivre à l'absence
Et l'amère douleur ne doit point l'effacer ;
Notre âme, aux souvenirs, nourrira la constance
Qui de nos cœurs épris ne peut sitôt passer.

Comme des cieux, le soir, la plus brillante étoile
File, tombe et s'éteint, ici-bas le bonheur
N'est qu'un astre douteux qui pâlit et se voile,
Ne laissant après lui que regret, que douleur,

Les malheurs plus longtemps froissent notre existence,
Plus longtemps des chagrins nous pèsent les far-
[deaux ;]
Si parfois le plaisir vient calmer la souffrance,
Bien plus cuisants après reparaissent les maux.

Ah ! les beaux jours ! depuis que mon âme charmée
S'était donnée à toi ; que de bien doux instants !
Las ! trop vite écoulés près de ma bien-aimée,
Lorsque de notre amours nous vivions palpitants.

En t'aimant j'oubliais ennuis, peines, tristesses,
Ravi, je m'enivrais de ton affection,
Je m'endormais bercé par tes tendres caresses,
Pouvais-je alors penser à la déception ?

Près de toi j'ai vécu ! tu le sais, l'existence
Est vide sans l'amour qui seul peut la charmer
Je vivais de te voir, je vivais d'espérance
Je vivais de ton cœur ! car vivre c'est aimer !

Adieu ! beaux jours passés ! l'instant fatal s'avance
Qui doit nous séparer ; déjà les noirs regrets
Me voilent l'avenir ; ai-je encore l'espérance
De te revoir un jour ? toi ! tout ce que j'aimais !

Adieu ! tendre Genny ! que souvent ta pensée
Vienne en l'exil pleurer ses ennuis près de moi
Et calmer le chagrin de mon âme oppressée ;
Tu peux garder mon cœur, car il est tout à toi !

Puis, un jour du destin la colère apaisée
Viendra nous réunir, espoir délicieux !
Tu m'aimeras encore et mon âme brisée
En retrouvant sa sœur retrouvera les cieux.

ARTISTE ET MILITAIRE

MUSIQUE DE A. LAJARTE

—

Omne tulit punctum qui miscuit utile dulci.

Chef dans la garde impériale
J'y trouve plus d'un agrément,
Car tour à tour je me régale
De musique et de réglement.

Assez joyeusement j'existe,
Ma plume sert à double fin,
Je suis comptable et même artiste,
J'ai mon bureau, mon clavecin,
Mon goût à mon devoir s'allie,
J'ai choisi ce beau régiment
Car la plus parfaite harmonie
Règne en ce corps assurément.

Le réglement et la police
Sur moi n'ont que peu de pouvoir,
J'ai peu de goût pour le service,
Bien ou mal je fais mon devoir;
Parfois, si la mouche me pique,
Si je suis vexé, c'est selon,
J'enseigne au troupier la musique
En l'enfermant au violon.

Quand de la vile paperasse
Je suis à la fin dégouté,
Au piano je me délasse
Et je chante la liberté !
Mais quand d'un prélude suave
M'enivrent déjà les accents,
La trompette me crie : Esclave !
On sonne aux consignés, descends !

Si je suis las de l'esclavage
Combien de clefs je puis avoir !
La clef de *fa* m'ouvre un passage.
J'ai la clef d'*ut* en mon pouvoir ;
Mais de la salle de police
Laissant la clef aux adjudants,
Pour me soustraire à leur malice
Je préfère la clef des champs.

Alors je vais voir ma brunette,
Nous exécutons un duo ;
Mais pour contenter la fillette
Faut toujours aller crescendo ;
Elle est aussi belle que bonne,
Et pour répéter un couplet
Le ton, c'est elle qui me donne,
Et nous trouvons l'accord parfait !

Si mon capitaine jacasse,
Si le major est en courroux,

Si le trésorier me tracasse,
Je file mes sons les plus doux ;
Je me tais et les laisse faire,
Sans m'arrêter à leurs raisons,
Car j'ai basé mon caractère
Sur leurs divers diapasons.

PIERRE BÉNITE

—

Pierre bénite !
Que l'on habite
En cénobite,
Humble séjour !
Par trop sauvage,
Pour moi plus sage,
Sur ton rivage
Descend l'amour.
Loin la tristesse !
Car la tendresse
D'une caresse
Nargue souci ;
Bien doux visage,
D'amour langage,
Sont mon partage,
J'ai tout ici !
Lorsque fauvette
Genny brunette
Saute et caquette
Pour me charmer,
Aimable femme !
Pour toi de flamme
Je sens mon âme
Se consumer.

Puis, Léontine
Folle et lutine,
Piquante mine,
S'en vient aussi,
Toujours joyeuse,
Insoucieuse,
Arguer rieuse
Peine et souci.
Et Mariette,
Bonne et coquette,
Dans ma retraite
Fuit son époux ;
En leur absence,
N'ai de souffrance
Que l'espérance
D'instants si doux.

Mais tout s'efface,
Le bonheur passe,
Lyon nous chasse,
Il faut partir !
Las ! sur la terre
Je ne sais guère
Rien d'héphémère
Plus que plaisir !
Adieu ! maîtresses
Douces caresses !
Plus de tendresses,
Plus de bonheur.
Adieu, beau rêve !

Qu'un souffle enlève,
Plus n'est de trève
A ma douleur.
Fatale aurore
Ja se colore,
Pourrai-je encore
Cruel destin !
Aux trois que j'aime,
Faire moi-même
L'adieu suprême
Sans lendemain.
L'âme exilée,
Inconsolée
Dans sa pensée
Vous gardera ;
Bientôt l'absence
Et l'inconstance
Ma souvenance
Chez vous perdra.

EN PASSANT

—

Un regard peut troubler la vie
Et ton regard brilla sur moi !

Combien je suis heureux, chaque jour, quand je passe
Et qu'un de vos regards arrive jusqu'à moi.
Ce regard précieux de mon cœur ne s'efface
Et me fait ressentir un indicible émoi.

Dans ce séjour sans joie, où toute âme s'ennuie,
Que j'aime le sourire et doux et caressant
Qu'à chacun vous donnez gracieuse Eugénie !
Et que moi je reçois joyeux, reconnaissant.

Votre sourire ! aux cieux, c'est la brillante étoile,
L'oasis qu'au désert on rencontre surpris,
Un rayon du soleil quand l'horizon se voile,
Un trésor que l'on trouve au milieu des débris.

Que je vous aimerais ! souvent votre pensée
Fait revivre, pour moi, des souvenirs bien chers ;
A votre doux aspect, ma peine est effacée,
Mes chagrins sont moins vifs, mes regrets moins amers.

Oui, je vous aimerais ! malgré la calomnie
Qui de ses traits cruels voudrait vous déchirer ;
Je crois en votre cœur et toute mon envie
Serait en votre amour de pouvoir espérer.

Mais, hélas ! fol espoir ! une foule empressée
Se dispute à l'envi, vos regards, votre cœur ;
Pour moi, ce cœur a-t-il encore une pensée,
Et vos lèvres un mot d'avenir de bonheur ?

Si je dois vous cacher ma tendresse et ma peine,
Pour le pauvre exilé qui soupire en secret,
Du trésor de bonté, dont votre âme est si pleine,
Dites, conservéz-moi simplement un regret.

A UNE INSTITUTRICE

POUR SA FÊTE (15 NOVEMBRE)

—

Les brouillards sont venus semer dans nos parterres,
Sur les fleurs, de l'hiver, les premiers cheveux blancs;
Mais si pour vous fêter, vos jeunes écolières,
N'ont point à vous offrir de bouquets odorants,
Leurs vœux, parfums du cœur, n'en sont pas moins
[sincères!

Qu'il faut de dévouement, de longue patience,
Chaque jour, pour garder l'indocile troupeau
Qu'ont placé nos parents sous votre vigilance;
Qu'il est dur ce devoir, mais aussi qu'il est beau!
Quand on n'a que du fiel souvent pour récompense!

Peut-être sommes-nous d'un âge encor trop tendre,
Pour bien apprécier ce que nous vous devons;
Mais plus tard nous pourrons et sentir et comprendre
Le prix de vos doux soins, de vos sages leçons;
Nos cœurs reconnaissants pourront-ils vous le rendre?

Oui! vous êtes pour nous une seconde mère!
La première, il est vrai, nous a donné le jour,
Du savoir, dans nos cœurs, vous versez la lumière;

Mais vous avez aussi des droits à notre amour,
Un souvenir, quand monte au ciel notre prière.

Vous portez le beau nom de notre Impératrice,
Comme elle vous règnez, nous formons votre cour ;
Et toutes vos enfants bien chère institutrice
Déposent à vos pieds leur hommage en ce jour ;
Leur amour, c'est le miel dans le fond du calice !

Les jeunes passereaux, alors qu'ils ont des ailes,
Loin du nid maternel s'envolent, les ingrats !
Si nous devons partir, oiseaux moins infidèles,
Nous songerons à vous et nous n'oublierons pas
De revoir notre nid comme des hirondelles.

Guidez, guidez toujours notre marche débile,
Pour gravir le chemin escarpé du savoir,
Et chacune de nous, à votre voix docile,
Pratiquant vos leçons, la vertu, le devoir,
A l'avenir rendra votre tâche facile.

AU CORPS DE GARDE

—

Et que faire en un gîte,
À moins que l'on ne songe ?

Humble et pauvre sergent ! dix-huit ans de service
N'ont hélas ! apporté que rides à mon front ;
Mais mon cœur jeune encor se rit de la malice
Du destin, qui n'a pu l'aigrir par maint affront.

D'un poële abrutissant la chaleur énervante,
Du cuir et du tabac la détestable odeur,
D'un suif jaune et puant la lumière tremblante,
Tout inspire à mon être une morne langueur ;

Je m'allonge assoupi, sur le sapin classique,
Ordinaire tapis de nos durs lits de camps ;
Je laisse divaguer mon esprit romantique
Et je rêve gazon, fleur, femme, oiseau, printemps.

Esclave ! j'aime encor des champs verts la parure,
J'aime la liberté que j'ai goûté si peu,
Le murmure des eaux ; sous sa pesante armure
Mon cœur se réjouit à l'aspect du ciel bleu.

J'aime des grands ormeaux le bienveillant feuillage.
Voûte majestueuse et les sons inconnus

Que l'on entend passer dans leur épais ombrage,
Quand le vent fait parler leurs branchages émus.

J'aime la fleur des champs, moins riche et moins
[brillante
Que l'orgueilleuse fleur prisonnière de l'art;
J'aime l'émail des prés, mosaïque mouvante;
Enfant d'un chaud rayon, de l'air et du hazard.

J'aime, aux buissons touffus, l'églantine pendante,
En ses rameaux berçant un nid, frêles amours !
Le virtuose ailé qui dans le taillis chante
Son bonheur; ses plaisirs et le soir des beaux jours.

Mais j'aime encore bien plus, un doux regard de
[femme !
Ce langage divin qu'on ne saurait ouïr,
Cette effluve d'amour qui dilate notre âme,
Et dont on craint de voir l'éclair s'évanouir.

La femme ! être divin au magique sourire,
Du destin de nos cœurs qui peut changer les lois,
Ange doux et malin qui fait notre délire;
La femme, fleur, oiseau, parfum tout à la fois !

Tous ces biens sont à moi !.. Mais mon rêve s'efface !
A regret je reviens à la réalité;
De nos trésors perdus je veux suivre la trace,
Lourdement je retombe en mon vol arrêté.

Puis, plus rien!.. qu'un réduit enfumé, triste et
(sombre,
Quelques soldats ronflants les deux mains à leurs
(fronts,
Le gardien du beffroi jetant l'heure dans l'ombre,
Et moi, le corps brisé sous le poids des chevrons!

LE FIL DE LA VIERGE

—

J'aime à te contempler, ondulant dans l'espace,
Sillon capricieux qu'emporte le Zéphyr ;
Fil léger et follet qui paraît, fuit, s'efface,
 Pâle reflet, vague soupir !

De ses derniers beaux jours quand l'automne est avare,
Quand la brume au matin se fond sous le soleil,
C'est alors qu'on te voit dans ta course bizarre,
Phénomène incompris, tout humide et vermeil ;
Quel destin peut guider ton inconstant voyage ?
Subtil comme un parfum sur les ailes du vent,
De l'éther radieux tu viens, heureux présage,
Charmer notre regard vers les cieux s'élevant.

Dis-moi : qui t'envoya ? Dis-moi : qui te fit naître ?
D'un astre, es-tu rayon égaré par le jour ?
D'un nuage, viens-tu, quand je te voir paraître ?
Ou du ciel, à la terre, es-tu gage d'amour ?
Tantôt fil délié, tantôt flocon d'albâtre,
Tu te berces formant mille signes nouveaux ;
Je te vois tournoyer auréole blanchâtre,
Puis un baiser de l'air déroule tes anneaux.

Enfants, on nous disait que ce duvet si frêle,
Diaphane jouet de l'air capricieux

(Doux mensonge.) C'était une plume de l'aile
De notre ange gardien qui descendait des cieux ;
On nous disait aussi, que la Vierge Marie
Aux plis de son manteau prenait ces fils d'argent
Pour les jeter du ciel à celui qui la prie,
Message d'espérance au faible, à l'indigent !

Adieu ! fil de la Vierge. Adieu ! l'ombre te chasse,
Crains qu'un perfide écueil ne t'arrête en chemin !
Caprice d'un beau jour ! insoucieux qui passe,
Vainement mon regard te cherchera demain.
Puissé-je comme toi voir ma douce existence
Tranquille s'écouler riche d'illusions,
Porter jusqu'à la fin ses rêves d'espérance,
Et puis s'évanouir sans bruit, sans passions.

CHANT DE GUERRE

—

Fière Autriche ! tu veux la guerre,
Et la raison a dû céder à ton orgueil.
Vains efforts ! tu te perds et ta folle colère
    Creuse à ta puissance un cercueil.

    Tu vins avec l'Europe entière
Lorsque ton pied souilla notre pays si beau ;
La poudre effacera cette tache, ma chère !
    Tu nous payeras Waterlo !

    Pour assouvir ta soif immense,
Tu veux de notre sang ? Pourtant tu sais combien
Pour payer sa valeur un peu de sang de France
    Il en faudra de l'Autrichien !

    Tremble ! car la France s'agite,
Elle arme contre toi ses terribles enfants ;
Du sol, par toi volé, l'impuissante limite
    Les verra surgir triomphants !

    As-tu donc oublié nos pères,
Dont passe l'ouragan sur ton front atterré ?
Nous saurons émousser les ongles de tes serres,
    Nous n'avons pas dégénéré ?

Sardes, repoussez l'arrogance
Du barbare oppresseur et bravez son courroux !
Vous avez pour soutiens le bon droit et la France,
    La justice sera pour vous.

    Lève ton front, pauvre Italie !
Si le grand Empereur te soumit autrefois,
Un autre à t'affranchir aujourd'hui te convie,
    Son neveu, Napoléon Trois !

    Pars, ô noble et vaillante garde !
Sois de nos ennemis et l'écueil et l'effroi ;
L'Empereur te conduit, la France te regarde,
    L'armée a confiance en toi !

LE VAGUEMESTRE

—

Mon colonel, je remercie
De mon sort presque indépendant,
Car je croyais passer ma vie
Dans l'ingrat métier d'adjudant ;
Mais, grâce à lui, mon nouveau poste
Mes talents va faire éclater,
Et rien ne peut plus m'arrêter,
Mon avancement court la poste !

Mais dans l'ardeur qui me transporte,
Sur mon cerveau fort délabré,
Je crains que le timbre ne porte ;
Bah ! j'ai toujours été timbré !
Surtout, n'allez pas vous permettre
De divulguer à vos amis
Ce qu'en comité je vous dis.
Ils pourraient me croire à la lettre !

Je suis gros, c'est vrai, mais agile,
Pour ma puissance, c'est flatteur ;
Dans mon emploi c'est très utile
D'être un intrépide sauteur.
Vous qui doutez de ma prestesse,
Blancs becs, il faut me respecter ;
Car avec moi comment lutter,
Quand je possède tant d'adresse !

J'ai toujours cherché le bien-être,
N'importe ma position ;
Car à mon détriment, peut-être,
J'étais né sans ambition ;
Mais l'espoir va la faire naître,
Désormais je vais ouvrir l'œil,
Afin d'obtenir un fauteuil,
Puisque je suis homme de lettre !

Mais ce n'est point là mon envie,
Et je laisse à d'autres le soin
De siéger à l'Académie,
Lorsque je puis aller plus loin.
Qu'un pédant bien ou mal effeuille
Les fleurs d'éloquence sans moi ;
D'un ministre j'obtiens l'emploi :
On me donne le portefeuille !

Chacun dit que l'ingratitude
Est reine au siècle où nous vivons ;
Que l'égoïsme est d'habitude
La règle que tous nous suivons ;
Ce n'est pas ainsi que je pense,
Je n'ai pas le cœur si mal fait,
Chaque cuirassier, en effet,
Me garde sa reconnaissance !

BOUQUETS DE ROSES

—

Sous vos prodigues mains doivent naître les roses,
Pour pouvoir, à chacun, accorder une fleur ;
On les dirait vraiment sur vos lèvres écloses,
Tant elles ont d'éclat, de parfum, de fraîcheur.

Ainsi semer de fleurs l'ennuyeuse existence
Que nous souffrons ici, c'est bien aimable à vous !
A vous, charmantes fleurs ! dont la seule présence
De ces lieux nous a fait un exil bien plus doux.

La rose est de l'amour le gracieux symbole,
Mais vous donnez la rose et gardez votre cœur ;
Vous avez bien pour tous une aimable parole,
Mais pas un mot d'amour pour un heureux vainqueur !

Et pourtant à votre âge on a l'âme oppressée
De te tendres sentiments ; on pourrait espérer,
Parmi toutes vos fleurs, une simple pensée
Qui, pour vous, d'un élu le cœur fit soupirer.

L'amour a trois saisons ; c'est d'abord la pensée
Qui nous fait entrevoir un bonheur à venir ;
La saison du plaisir, toujours sitôt passée,
Nous laisse en s'enfuyant celle du souvenir.

Toute fleur n'a qu'un jour ; elle penche et s'effeuille,
Et lorsque des beaux jours il ne nous reste plus

Qu'un lointain souvenir qu'avec soin l'on recueille,
On aime à rappeler ces doux rêves perdus.

Eh quoi! vous laisseriez flétrir votre jeunesse
Oublieuses d'amour ici-bas, seul bonheur!
Que vos fleurs désormais soient gages de tendresses
Et roses du jardin de votre tendre cœur!

Sans doute vous direz que je suis fou, si j'ose
Mes insipides vers vous prier d'agréer;
Mais quand je songe à vous mes pensers sont de rose
Et je me trouve heureux de vous les consacrer.

Ce sont de pauvres fleurs; mais s'ils peuvent vous
                                          [plaire],
Pour eux et non pour moi veuillez les conserver;
Parfois en les voyant, il se pourrait bien faire
Qu'à leur modeste auteur ils vous fassent rêver.

Sans vos beaux yeux, sans vous, ma muse, hélas!
                                          [chétive]
N'eût pu trouver ici rien qui pût la charmer;
Pour causer avec vous son ardeur se ravive
Et sans prétendre à rien, laissez-la vous aimer.

Allez, belles enfants! fleurs du matin écloses,
Joyeuses, sans regret effeuillez l'avenir!
Après un long printemps tout parsemé de roses,
N'ayez d'autre remords qu'un tendre souvenir!

CHANT DU RETOUR

AU 2ᵉ CUIRASSIERS DE LA GARDE

Salut ! salut à vous, amis, nobles guerriers !
Vous quittez l'ennemi pour retrouver des frères ;
Fêtons votre retour, buvons à vos lauriers ;
Que l'amitié vous fasse oublier vos misères ! (*Refrain*)

Vous nous aviez quitté bien fiers, l'âme ravie,
D'un peuple humilié, pour venger les affronts,
Vous revenez noircis du soleil d'Italie,
Mais ses feux ont gravé le mot gloire ! à vos fronts.

Vous avez bien souffert, non pas de la mitraille,
Mais de ces mille maux qu'enfantent les combats ;
Car le jour le plus beau, c'est le jour de bataille,
Lorsque pour la patrie on brave le trépas !

Vous avez triomphé de plus d'une manière ;
Si votre arme aux combats vous plaça les derniers,
Vous avez bien souvent dormi sur la poussière ;
Mais dans cette poussière il croissait des lauriers !

Lorsqu'à Solferino, comme en un jour de fête,
Heureux, vous attendiez l'ordre envié de tous,

Il a fallu la voix de Dieu, de la tempête,
Pour sauver l'ennemi de vos terribles coups.

Plus grande, d'autres corps ont eu leur part de gloire;
Mais que de morts aussi par eux abandonnés!
Nous rendons grâce au ciel qui, donnant la victoire,
Vous a tous, près de nous, en ce jour ramenés.

CONFIDENCES

—

Vous en riez pour en faire sourire
Les gens à qui vous irez le conter.
Mais je vous aime et j'aime à vous le dire
Ne dussiez-vous pas même m'écouter.

MURGER.

Je suis triste ce soir, votre douce pensée
De mon cœur assombri vient chasser les regrets,
A votre souvenir ma peine est effacée ;
Pour un peu de retour, que je vous aimerais !

On doit trouver un cœur pour le sien, sur la terre,
Qui des mêmes transports doit vivre et palpiter ;
C'est là le seul amour véritable et sincère,
Dont on souffre parfois sans y rien regretter.

Oui, je vous aimerais ! et je vous crois si bonne
Qu'en vous, qu'en votre cœur j'ose presque espérer.
A de tendres espoirs, joyeux, je m'abandonne ;
Ce n'est plus le chagrin qui me fait soupirer !

Si des ans, sans pitié, le terrible passage
A déjà, sur mon front, du temps gravé l'effort,
Mon cœur ne vieillit point ; il sera moins volage ;
Pour se donner au vôtre, il sera jeune encor !

Mais vous qui possédez beauté, grâce, jeunesse,
Qui, du premier abord, savez plaire et charmer,
Pouvez-vous m'accorder un regard de tendresse ?
Vous me plaindrez peut-être et ne saurez m'aimer !

Eh quoi ! ce mot si simple et si puissant : je t'aime !
Qui de bonheur pourrait combler mon avenir,
Vous ne le direz point ! et mon espoir suprême
En mon cœur ulcéré doit s'éteindre et finir !

En vous seule pourtant tout mon espoir se fonde ;
Si je suis trop hardi, vous me pardonnerez.
Que je puisse vous voir loin des regards du monde,
Je vous aimerai tant, qu'aussi vous m'aimerez.

ÉTÉ DE 1860

—

Il pleut nuit et jour sans relâche,
Les sillons sont pleins d'eau, nos cœurs pleins de
[souci.
Pour apaiser le ciel, qui contre nous se fâche,
En vain nous demandons merci !

Été, qu'as-tu donc fait de tes belles journées?
Tous tes feux sont éteints; l'eau, qui tombe à torrents,
Ruisselle de ton front, et les fleurs consternées
S'effeuillent sans éclat, sans parfums odorants.
Plus de troupeaux aux champs, d'oiseaux sous le
[feuillage,
Point de brise au matin, de murmures le soir,
Et, le cœur désolé, le pâtre sans courage
Maudit le temps affreux qui détruit son espoir.

Soleil! pourquoi voiler tes ardeurs bienfaisantes
Sous de sombres vapeurs? Qu'as-tu fait des rayons
Que tu dois prodiguer aux plaines jaunissantes?
L'épi, noyé, se couche aux humides sillons,
La grappe sur le cep languit agonisante,
La feuille verte encor vient joncher notre seuil;
Veuve de tes regards, la nature souffrante,
Bientôt de tous ses fruits devra porter le deuil.

Vent d'ouest, pourquoi sans cesse entr'ouvrir le nuage
Qui verse de son sein les flots de ton courroux ?
N'as-tu donc point encor soufflé toute ta rage ?
Retourne à l'Océan, qui t'envoya vers nous !
Depuis que nous souffrons les rigueurs de ton ire,
Aux averses des cieux se sont mêlés nos pleurs ;
Aux autres fils d'Éole abandonne l'empire,
Rends-nous l'espoir, la brise et les fruits et les fleurs !

AU CARROUSSEL (12 JUIN 1860)

—

(Montre donnée par l'Empereur)

A S. M. L'EMPEREUR.

De toutes les splendeurs, lorsque ton front rayonne,
Humbles, mais dévoués, nous n'avons à t'offrir
Que de simple laurier une verte couronne;
Mais les lauriers français ne peuvent se flétrir!

A S. M. L'IMPÉRATRICE.

Vos bontés, vos vertus, sublime bienfaitrice!
Ont gravé votre amour aux cœurs de vos sujets;
Mais l'Eternel vous garde, auguste Impératrice,
Un second diadème orné de vos bienfaits.

A S. A. LE PRINCE IMPÉRIAL.

Nous serons ton appui, bel enfant de la France,
Riche fleur d'avenir et notre espoir à tous!
Grandis! nous veillerons ta précieuse enfance,
En instruisant nos fils à t'aimer comme nous.

LE POINT D'APPUI

—

Air : *Quelque regret qu'on ait ma belle !*

Ma plume, que vas-tu nous dire?
Tu n'as donc plus le mot pour rire?
Depuis quelque temps tu t'endors ;
Envers moi répare tes torts ;
Fais jacasser, petite sotte !
Ton bec qui dans l'encre barbotte,
Et, pour distraire mon ennui,
Sache trouver le point d'appui.

Point d'appui ! la rime est étique,
Mais le sujet est magnifique,
Car Archimède, un ex-savant,
En fit usage fort souvent.
Son intelligence profonde
Aurait pu soulever le monde,
Si, s'offrant convenable à lui,
Il eût trouvé le point d'appui.

Moi, je sais par expérience
De ce point quelle est l'importance.
Voyez un peu le vilain tour
Qui m'est arrivé l'autre jour :

Au Carrousel courant la tête,
J'étais trop penché sur ma bête,
Tout mon corps vers le sol a fui,
J'avais perdu le point d'appui.

Sur ma misérable couchette
Depuis ce moment je végète,
En maudissant le sort fatal
Qui m'a démonté l'os coxal.
Et maintenant c'est avec peine
Que tout boiteux je me promène ;
J'ai deux béquilles aujourd'hui
Pour assurer mon point d'appui.

Quand nous allons à la revue,
A cheval, en grande tenue,
Un gros boyard on ne voit point
Faire briller son embonpoint ;
Quand il endosse sa cuirasse,
C'est la tortue en carapace.
Sur son cheval, maître Dupuy
Ne peut garder le point d'appui.

Si vous voyez une fillette
Passer gracieuse et coquette,
Jeune homme ou bien vieux sapajou
Convoitez ce charmant bijou,
Et, dans l'ardeur qui vous transporte,
Vous dites : le Diable m'emporte !
Sur son sein bienheureux celui
Qui peut trouver le point d'appui !

Combien, dans l'état militaire,
N'ont ni savoir, ni savoir-faire,
Et qui sont portés promptement
Pour un rapide avancement ;
Loin de remercier la chance,
Ils sont remplis de suffisance ;
Ils doivent un beau cierge à qui
Leur a donné le point d'appui !

Dans trois ans j'aurai ma retraite,
Et l'on m'appelle : Vieille bête !
Parce que je n'eus, vieux sergent,
Point de blason et pas d'argent.
Croyez-moi, c'est là le mobile
Qui fait mousser un imbécile.
Si le bonheur toujours m'a fui,
C'est que je n'avais point d'appui.

Cesse, plume trop misérable !
Ton bavardage pitoyable,
Car ce que tu nous a chanté
Est rempli de méchanceté.
Amis, ne faites point la moue ;
Mes vers sont mauvais, je l'avoue ;
Phœbus sur moi n'a point relui,
Et j'ai manqué de point d'appui.

NE PLEURE PAS ENFANT

Musique de A. Lajarte

—

De tes beaux yeux se ferment les paupières,
Dors, cher enfant, mon espoir, mon bonheur !
Pour te veiller la plus tendre des mères,
Dans son regard a fait passer son cœur.

Ne pleure pas, enfant ! ton âme toute blanche
Doit ignorer encor l'étreinte du malheur,
Sur ton berceau chéri, ta mère, qui se penche,
Saura de ton jeune âge écarter la douleur.

    De tes beaux yeux, etc.

Ne pleure pas, enfant ! car lorsque tu sommeilles
Descend vers toi du ciel un ange aux ailes d'or ;
Nous te gardons tous deux, et moi, quand tu t'éveilles,
Je cherche ton regard pour te sourire encor.

    De tes beaux yeux, etc.

Ne pleure pas, enfant ! vois quelle est la misère
De ces petits oiseaux dans leur gîte mouvant ;
Ils n'ont pour seul abri que l'aile de leur mère,
Tu ne crains pas comme eux la faim, le froid, le vent.
    De tes beaux yeux, etc.

Ne pleure-pas, enfant! qu'un songe tout de rose
Dans ses bras enchantés te berce doucement ;
Que ce tendre baiser sur ta lèvre mi-close .
Amène sur ton front le sourire en dormant.

    Sur tes beaux yeux, etc.

Ne pleure pas, enfant! trop vite des alarmes
Les flots amers viendront ton âme submerger ;
Dans mon cœur maternel cacheras-tu tes larmes,
Et serai-je encor là, moi, pour t'encourager?

    Sur tes yeux bleus, etc.

L'ÉTOILE

—

Sùrement vous vous entendez
Mes amis! pour me mettre en peine,
Une chanson vous demandez
Lorsque je ne suis point en veiné;
Vous voulez un brillant sujet
Quand mon esprit d'ombre se voile;
Mais j'en veux avoir le cœur net
Et je vais vous chanter l'Étoile.

L'étoile fixe est un soleil,
L'étoile mobile, Planète,
Un monde au nôtre tout pareil.
L'étoile à queue une comète,
Vous dit l'astronome savant
Auquel l'espace se dévoile;
Je sais que je suis seulement
Né sous une mauvaise étoile.

Descendons plus bas; des grandeurs
L'étoile est souvent mensongère,
L'amour, cette étoile des cœurs
N'a qu'une lueur éphémère,
La fortune, astre séduisant
Pour un petit nombre est sans voile,
A l'ombre du vice souvent
De la vertu souvent pâlit l'étoile.

Moi qui voulais vous amuser,
Je fais de la philosophie
Tout en commençant de jaser
Pour vous, Annette, ou bien Sophie
Qui joint la grâce à la beauté,
Dont l'œil de tendresse se voile ;
Est ici-bas, en vérité !
Une bien séduisante étoile.

Pour moi, qui suis un vieux grison,
Déjà froissé par maint orage,
Je ne vois sur mon horizon
Qu'un éclair au sombre nuage ;
Il ne me reste qu'un espoir
Qui puisse encor enfler ma voile,
A mon côté je voudrais voir
De l'honneur la brillante étoile.

Êtes-vous contents ? mal ou bien,
C'en est assez, amis ! je pense,
Je ne vous chanterai plus rien,
Je suis au bout de ma science ;
Veuillez recevoir mes adieux ;
Je vais me fourrer dans les toiles,
Il est tard ; si vous aimez mieux
Vous pouvez bayer aux étoiles.

VERGISS MEIN NICHT

—

Savez-vous, lorsque solitaire
Je m'égare dans le vallon,
La fleur que surtout je préfère,
Que je cherche dans le sillon ?
C'est la fleur simplement parée
Qui ne vit guère qu'un seul jour
Et dont la corolle azurée
Est un symbole de l'amour ;
C'est une précieuse étoile
De nos prés sur le firmament,
Dont la tendre clarté dévoile
Les délices du sentiment
Fleur qui dit à la jeune fille :
Sur terre, aimer est le seul bien,
Un feu nouveau dans tes yeux brille,
Un cœur existe pour le tien !
Naguère joyeuse et naïve
La douce enfant le cœur ému
Revient soucieuse et pensive
Rêvant un bonheur inconnu.
Si deux amants, l'âme ravie,
Promettent de s'aimer toujours,
Ils choisissent ma fleur chérie
Comme témoin de leurs amours.

Celui qui soupire en silence
L'interroge souvent discret,
Il lui raconte sa souffrance
Pour qu'elle dise son secret.
Et le vieillard à son automne
Se plait encore à la bénir,
Car ma petite fleur lui donne
Plus d'un précieux souvenir ;
Beaux souvenirs ! remplis d'ivresse
Que l'âge n'a point effacés
Le font sourire à sa jeunesse,
Aux doux plaisirs des temps passés.
Respectez cette fleur débile !
Dans son champ laissez-la mourir.
Car loin de sa tige fragile
Un instant la verrait flétrir ;
Laissez-la rendre ses oracles
Quand la brise vient l'agiter,
Laissez-la faire des miracles !
Pour moi j'aime à la consulter,
Elle me rend la souvenance
Des rêves d'amour d'autrefois,
Pour le présent, c'est la constance
Qu'en son calice j'aperçois ;
J'invoque encor ma bien-aimée
Quand je veux savoir l'avenir,
Dans sa corolle parfumée
L'espérance je vois venir.

. . . .

Je crois, aimable curieuse !

Que vous me demandez le nom
De cette fleur si précieuse
Qui doit avoir tant de renom ;
Qu'elle vous réponde elle-même,
Son charme vous pourrez sentir
Quand elle dira : *Je vous aime !*
Petite fleur ne sait mentir.

FÊTE ET CHASSE A FONTAINEBLEAU

—

> . . . . Cervumque trementem
> Canibus insequit venator.

C'était un jour d'août, jour de chasse et de fête,
Fête aux abords du parc et chasse dans les bois ;
De la foule bruyante éclatait la tempête,
    La meute donnait de la voix.

Ici, pour recueillir un lucre mercenaire,
Le hâve baladin agite ses grelots ;
D'éclatants oripeaux recouvrant sa misère,
    Pour mieux émerveiller les sots.

Au loin, sonne du cor la brillante fanfare
Et des chiens découplés les rauques hurlements
Disent au cerf lancé que le chasseur barbare
    Convoite déjà ses tourments.

Parmi les flots épais de peuple et de poussière,
Sans chercher le plaisir, je me trouvais perdu,
Distrait, prêtant l'oreille à travers la clairière
    Au cor que j'avais entendu.

Quant tout à coup s'élève une clameur immense
Voilà, voilà le cerf ! il vient à nous ! hourra !
Dans les fossés du parc le voilà qui s'élance !
    Tayaut ! sous nos yeux il mourra !

A la fête, plus rien! chacun d'un pas rapide
Court au noble animal que les chiens vont saisir :
Oh! comme c'est bien toi, plèbe de meurtre avide!
    Dont l'échafaud fait le plaisir!

Le croirait-on? j'ai vu dans un accès de rage,
Non content de rester anxieux spectateur,
Un homme, avec les chiens, se jeter à la nage,
    De ce drame pour être acteur.

Pauvre cerf condamné, de ta fuite égarée
Les efforts seront vains, tu n'échapperas pas!
Entends-tu, contre toi, la foule conjurée
    De cris saluer ton trépas!

Il nage pantelant, la meute furieuse,
A sa suite accourant le poursuit dans les eaux;
Rien ne peut émouvoir la foule curieuse
    Qui se réjouit de ses maux.

Longtemps il lutte encor, il faudra qu'il succombe!
Les cruels spectateurs applaudiront son sort;
Il me semble te voir, peuple! sur une tombe,
    Entonner un hymne à la mort.

Sonnez piqueurs! sonnez! car la chasse est finie!
De rentrer sans succès vous n'aurez point l'affront!
Un veneur fatigué de sa longue agonie,
    Enfin lui met sa balle au front.

Alors, de toute part, la tourbe mécontente
A la fête revient, foulant le gazon vert,
Le spectacle n'a point satisfait son attente.
    Le cerf n'a pas assez souffert.

Cruelle ! elle eût voulu voir la bête expirante
Succombant sous les chiens de carnage altérés,
Hyène ! elle eût plongé dans le sang, haletante,
    Sa griffe aux ongles acérés.

Comment, vous que l'on dit : bonnes, tendres, sen-
                                |sibles,
Femmes de l'ouvrier, et femmes de haut rang,
Pouvez-vous contempler ces cruautés horribles,
    Vous aimez donc à voir du sang ?

Moi, soldat, je n'ai pu supporter cette vue,
Cependant par état j'ai le cœur endurci ;
Je me suis éloigné de dégoût, l'âme émue,
    Aux bourreaux j'ai crié : Merci !

Mais en vain j'ai hâté ma fuite poursuivie
Par les cris incessants de la meute en fureur ;
Quoique loin du dix cors, je voyais l'agonie,
    Les derniers efforts de douleur.

Quoi ! lorsqu'on fait des lois sévères qui punissent,
Envers les animaux, l'homme injuste et brutal,
Aux chasseurs sans pitié l'on permet qu'ils jouissent
    Du râle d'un pauvre animal.

Quoi! nobles et barons! gens du plus haut lignage,
Ne pouvez-vous donner votre or et vos talents
A des jeux moins cruels que cet affreux carnage,
    A des spectacles moins sanglants.

C'est honteux d'attaquer, ennemi sans défense,
Le cerf doux et timide habitant de nos bois ;
C'est triste d'épuiser l'atroce jouissance
    De le mettre aux derniers abois.

Plus noble est l'Espagnol, alors que dans l'arène
Il descend exciter du taureau les fureurs,
Moins barbares étaient de Rome souveraine
    Les combats de Gladiateurs.

Riches! bien mieux que nous, aux genoux de vos
                        [mères,]
Enfants, vous avez dû puiser la charité ;
Qui donc vous a donné ces leçons sanguinaires
    Et l'amour de la cruauté ?

Ah! comment pouvez-vous de ces hideuses fêtes,
Où vous êtes bourreaux, avoir la passion?
Et nommer, sans remords, votre triste conquête
    Une noble distraction?

Laissez le cerf en paix, pour que l'on vous pardonne,
Intrépides veneurs! cherchez dans le hallier
De plus nobles exploits, car l'on vous abandonne
    Le loup, le renard, le sanglier!

ADIEUX A M. R. DE M.

Remember !

Jaunie et se mourant la feuille aux arbres pleure
    La brume du matin,
Et pour vous, du départ, bientôt doit sonner l'heure
    Au beffroi du destin.

Il est peu de plaisirs, ici-bas, sans déboire,
    Adieu la liberté
Vous devez parvenir au chemin de la gloire
    Par la captivité.

Adieu ! dans la forêt, nos belles promenades
    Parmi les rocs ardus,
Au travers des taillis, nos chères cavalcades
    Dans les sentiers perdus.

Vous, jeune ! poursuivant la fleur de l'espérance
    Aux champs de l'avenir,
Et moi, vieux ! retrouvant la trace et la puissance
    D'un heureux souvenir.

Adieu ! nos bons coursiers ! aux pas sûrs et agiles,
    Qui, le poil en sueur,
Galopaient côte à côte à notre voix docile
    Et pleins de notre ardeur !

Plus de joyeux propos, d'intime causerie
    Au bord des longs chemins ;
De secrets échangés, de douce rêverie
    Sous les bois de sapins !

Quand nous aimions à voir fuir sur notre paysage
    Le timide écureuil ;
Ou bien que nous allions, sur sa couche d'herbage,
    Éveiller le chevreuil.

Notre course, au hasard, s'égarait vagabonde
    Sur les monts découverts,
Puis s'abaissait au sein de la gorge profonde
    Aux lichens toujours verts.

On allait, s'avourant d'un céleste havane
    L'arôme pur et saint,
Dont à regret tombait fumant dans la savane
    Le reste mal éteint.

Au soleil éclatant, comme au sombre nuage
    On jetait des chansons,
Dont l'écho, cet ermite invisible et sauvage
    Parodiait les sons.

Plus de chants, de chevaux, de course ni de chasse,
    Plus de cerfs aux longs bois !
Plus rien ! que des regrets, car Novembre vous chasse
    De nos murs, de nos bois.

Ami, consolez-vous ! car l'hiver nous apporte
    Ses tristes jours de deuil ;
On doit trouver moins dur quand la nature est morte
    Le séjour du cercueil.

Vous devez nous quitter, le devoir vous réclame,
    Courrez vers l'avenir !
Pour le pauvre sergent, dans le fond de votre âme,
    Gardez un souvenir !

Qu'ai-je dit ? Pardonnez ! ma prière vous fâche,
    Puisque votre maison
Porte sur son écu : *Je meurs ou je m'attache !*
    Symbolique blason !

De vos derniers travaux portez gaiement la chaîne,
    Soutenu par l'espoir !
Et que l'automne encor, l'an prochain, vous ramène !
    Adieu ! non ! au revoir !

LES COURONNES D'UNE FEMME

—

Du matin de nos jours, s'usant heure par heure,
Flotte notre existence errante jusqu'au soir,
Entre un présent qui fuit, un passé qui demeure;
Entre un espoir qui rit, entre un regret qui pleure,
Entre le berceau blanc et le sépulcre noir !

Quand montent vers les cieux la prière et l'encens,
Quand l'airain au clocher de ses joyeux accents
Vient de la Fête-Dieu saluer le dimanche,
Combien j'aime à te voir, ma fille ! en robe blanche,
Parmi tes jeunes sœurs, à la procession,
Sous les saints étendards de la Religion,
Porter sur le front pur de ta naïve enfance
Une blanche couronne, emblème d'innocence.

Tes yeux bleus n'ont encor vu que quelques printemps,
Des premières leçons voici venir le temps ;
Les soins affectueux d'une douce maîtresse
Aux travaux, aux vertus formeront ta jeunesse ;
Que nous serons heureux et fiers de tes progrès !
Quand pour t'encourager à de nouveaux succès
On te couronnera, première récompense,
D'un simple rameau vert aux feuilles d'espérance.

Puis, tu nous reviendras, belle de tes seize ans
Pour nous environner de tes soins caressants ;
Fraîche et candide fleur ! au sein de ta famille
Que de chastes baisers tu cueilleras, ma fille !

Et si tu n'as alors pour diadème, au bal,
Que de tes blonds cheveux le bandeau virginal,
Au foyer paternel, nous verrons, chère idole !
Du bonheur, à ton front, resplendir l'auréole.

Et quand le bien-aimé, par un sincère amour,
Aura conquis ta main et ton cœur en retour,
Pour la dernière fois, jeune fille embrassée
Par tes parents émus, timide fiancée
Nous guiderons tes pas jusqu'au pied de l'autel
Où tu dois faire à Dieu le serment solennel
De consacrer tes jours à l'époux qu'il te donne,
Les fleurs de l'oranger formeront ta couronne.

Pour suivre ton époux si tu dois nous quitter,
Comme en te bénissant nos cœurs vont s'attrister !
Plus tard de beaux enfants, de vos amours doux gage
De toi réclameront les soins dus à leur âge ;
De loin, veillant sur tous, nous formerons des vœux
Pour que ton horizon n'ait que des jours heureux
Et que le ciel te garde, en ses bontés divines,
De sentir à ton front la couronne d'épines.

Mais la vieillesse accourt ; par son courroux fléchis
Tes ans s'affaisseront sous tes cheveux blanchis ;
Puis, la mort portera, sur ses funèbres ailes.
Ton âme près de nous, aux voûtes éternelles ;
Pour tes enfants chéris, quel deuil et quel malheur !
Orphelins, ils viendront dans leur sainte douleur,
Symbole des regrets que leur amour te donne,
D'immortelles t'offrir la suprême couronne.

POURQUOI JE NE CHANTE PLUS

—

Et dans le bosquet solitaire
Le rossignol était sans voix.

Vous demandez pourquoi, naguère si féconde,
Ma verve maintenant s'assoupit et s'endort,
Pourquoi mon frêle esquif qui se berçait sur l'onde
A son ancre amarré reste inactif au port.
Vous demandez pourquoi ma plume si causeuse
Ne trouvant rien à dire entre mes doigts perclus
Trempe à regret son bec dans une encre odieuse
Et comment il se fait que je ne chante plus.

Savez-vous ce qui fait soupirer le poète?
Vient inspirer sa muse et fait vibrer ses chants?
La jeunesse et l'amour! car sans eux plus de fête,
D'émotion au cœur, d'harmonieux accents;
Ah! plaignez le vieillard poète en sa jeunesse,
En vain il se consume en efforts superflus,
Plus d'inspiration! Sa verve le délaisse;
Il peut parler encor, mais il ne chante plus.

Riche de mes vingt ans, tout semblait me sourire,
Leur prisme, à mes regards, offrait l'illusion
Et, joyeux, je chantais de mon cœur le délire;
Mais auprès du bonheur veillait Déception :
La jeunesse a passé, telle que de sa tige
La fleur tombe aux frimats. De mes rêves perdus
J'ai vu que tout l'éclat n'était qu'un vain prestige.
Une ombre qui s'efface, et je ne chante plus.

Naguère l'avenir me montrait l'espérance
D'un horizon brillant, d'un glorieux destin ;
J'aimais à me bercer de la douce croyance
Que le bonheur, pour moi, n'était qu'à son matin ;
Je chantais, confiant, redoutant peu l'orage
Qui devait emporter tous mes espoirs déçus ;
Mais les ans sur mon âme ont tendu leur nuage,
Mon étoile est éteinte et je ne chante plus.

Beaux jours, sitôt enfuis ! sous un regard de femme
Je sentais, enivré, mon être tressaillir,
A ce rayon d'amour s'embrasait ma jeune âme.
Aimer était pour moi : trésor, grandeur, plaisir.
Plus que d'amers regrets ! La cruelle inconstance
A son marbre a brisé tous mes serments rompus,
De l'âge j'ai senti le froid, l'indifférence,
La passion est morte et je ne chante plus.

La bise de son souffle attriste les campagnes,
Les arbres désolés grelottent dans leurs champs,
L'hiver de son blanc sceptre a touché les montagnes,
Dans le bois dépouillé l'oiseau n'a plus de chants ;
Tout est sombre et glacé ! Ma muse s'est tarie
Et pour la ranimer mes soins sont superflus ;
Aux premiers cheveux blancs, ma tête est refroidie,
J'ai bientôt quarante ans et je ne chante plus.

QUAND L'ON DORT BIEN

—

Que l'on dort bien! enfant, quand d'une mère
La main vous berce et le sein vous suspend,
Lorsque, pour vous, sa fervente prière
S'élève aux cieux d'où votre ange descend.

Que l'on dort bien! si courant dans la plaine,
Jeune étourdi! vous vous êtes perdu,
Lorsque la nuit au logis vous ramène
Tout haletant, de fatigue rendu.

Que l'on dort bien! alors que de la chasse
On vient le soir, le carnier arrondi,
L'estomac creux, et que l'on se délasse
Entre les bras d'un sommier rebondi.

Que l'on dort bien! lorsqu'une nuit d'orage
La foudre brise, au ciel noir, ses carreaux;
Lorsque les fils d'Eole font tapage,
Que les grelons crépitent aux vitraux.

Que l'on dort bien! alors que la jeunesse
Ne connaît point encor des passions
L'appat trompeur et que l'espoir caresse
Un avenir riche d'illusions.

Que l'on dort bien ! quand votre conscience,
En vous couchant, d'un devoir accompli,
Trouve au chevet la douce souvenance
D'un jour de plus par un bienfait rempli.

Que l'on dort bien ! lorsque de la froidure
Dehors sévit la brutale fureur,
Et que blotti sous votre couverture
Heureux, du gel vous bravez la rigueur.

Que l'on dort bien ! le soir de la bataille,
Où l'on était vainqueur au premier rang,
Sur le sol nud, ou sur un peu de paille,
Sur ses lauriers, quoique tachés de sang.

Que l'on dort bien ! lorsque dans son ménage
On ne craint pas un douteux lendemain,
Que votre épouse est belle, bonne et sage,
Pour ses enfants lorsque l'on a du pain.

Que l'on dort bien ! quand au but l'on succombe,
Des jours vécus si l'on est satisfait,
Que l'on descend au repos de la tombe
N'ayant au cœur ni remords ni regret.

QUAND L'ON DORT MAL

Que l'on dort mal ! alors qu'une étrangère
De vous s'empare, exilé jouvenceau !
Vous donne un lait impur et mercenaire,
Veille à regret votre triste berceau.

Que l'on dort mal ! enfant de la paresse
Qui négligez et devoir et leçon,
Quand le Mentor qui gourmande sans cesse,
Doit vous tancer d'une verte façon.

Que l'on dort mal ! joueur, lorsque la chance
Inexorable a tourné contre vous,
Qu'on s'est grevé d'une folle dépense
Et qu'agité le sang arrive au pouls.

Que l'on dort mal ! lorsque de votre lèvre
En pâlissant se flétrit la couleur ;
Quand les frissons d'une maligne fièvre
Vous font trembler sur un lit de douleur.

Que l'on dort mal ! alors qu'en vous fermente
La soif de l'or, la folle ambition.
Quand votre cœur se livre à la tourmente
Des faux plaisirs qu'on nomme passion.

Que l'on dort mal ! quand la journée est vide
D'une bonne œuvre ou d'un bon sentiment
Que notre esprit triste, confus, aride,
De notre cœur, le soir, n'est pas content.

Que l'on dort mal ! quand la lourde atmosphère
Pèse sur vous dans une nuit d'été,
Qu'impatient, mal à l'aise, on espère
Du petit jour la fraîcheur, la clarté.

Que l'on dort mal ! après une déroute
Lorsque vous traque un ennemi vainqueur ;
Que de fatigue on tombe et qu'on redoute
D'être captif avec la honte au cœur.

Que l'on dort mal ! si l'épouse choisie
D'autres amours charge son cœur léger ;
Que l'on nourrit la sombre jalousie
Qui mord à l'âme et qu'on doit se venger.

Que l'on dort mal ! lorsque la dernière heure
Vient nous surprendre et que l'on doit partir
Pour habiter la suprême demeure,
Où l'on emporte un amer repentir.

LES CUIRASSIERS

A MON RÉGIMENT

Air : *Gais enfants de Bacchus.*

Quantum celsa præstant inter viburna cupressi.

Chacun est ébloui, cuirassiers magnifiques !
Quand miroitent au loin vos reflets magnétiques,
Cœurs vaillants, corps de fer, superbes cavaliers !
Vous êtes dignes fils des anciens chevaliers !

Qu'ils sont beaux ces soldats couverts de la cuirasse
Et qui portent l'éclair à leurs brillants cimiers ;
Le modeste bourgeois s'arrête quand il passe
Pour voir de tous ses yeux ces splendides guerriers.

Le vêtement d'azur et la blanche aiguillette
Au poli de l'acier se mirent gracieux,
L'ondoyante crinière et l'éclatante aigrette
Couronnent dignement vos casques orgueilleux.

Qu'il est beau de vous voir dévorant la carrière
Les éperons aux flancs de coursiers vigoureux
Tracer un sillon d'or à travers la poussière
Comme un astre après lui laisse un jet lumineux.

Parmi les spectateurs heureux de votre vue
Combien de doux regards pour le beau cuirassier !

La belle, à votre aspect, soudainement émue
Devine un tendre cœur sous l'armure d'acier.

Quelle arme, auprès de vous, dans la foule perdue,
Peut lutter quand paraît votre front radieux,
Quand de vos escadrons, au jour de la revue,
Un rayon du soleil fait jaillir mille feux ?

Pendant la paix, charmant les ennuis du service,
En lutinant l'amour vous narguez le chagrin ;
De Bacchus vous fêtez le pampre avec délice,
Votre devise, c'est : Gloire, amour et bon vin !

Que vous êtes puissants, quand gronde la bataille,
Liés par la valeur, par le devoir unis ;
Que s'ébranle de fer la vivante muraille
Qui brise dans son choc les carrés ennemis !

Moins prompt est l'ouragan, moins terrible est la
(foudre !)
Rapides vous chargez !... vous êtes triomphants !
Vous revenez couverts et de gloire et de poudre,
Si vous êtes moins beaux, vous êtes bien plus grands !

POUR UNE DISTRIBUTION DE PRIX

—

Lorsque nos cœurs sont pleins d'allégresse et d'espoir,
Mes sœurs ! n'oublions pas le trop juste devoir
De présenter nos vœux à la digne assemblée
Pour couronner nos fronts, en ce jour, rassemblée.
Vous, graves magistrats, vous, ministre de Dieu
Qui ne dédaignez point de venir en ce lieu
Applaudir aux premiers succès de notre enfance,
Nous vous remercions avec reconnaissance
Du bonheur que nous fait l'intérêt bienveillant
Qui vous rend notre fête un plaisir attrayant ;
Bien plus chère pour nous sera notre couronne
Lorsque c'est votre main, à nos fronts qui la donne,
Tout en nous engageant par de nouveaux progrès
A mériter encore de plus brillants succès ;
Brillants n'est pas le mot, les succès à notre âge
De ceux par vous acquis sont une faible image ;
Pourtant les enfants même ont leur ambition,]
Notre cœur en ce jour est plein d'émotion
Et quand l'heureux moment du triomphe s'avance
Il palpite plus fort et vers l'espoir s'élance
De nos humbles succès sortiront de plus grands
Aidés par le travail et conduits par le temps,
S'ils sont chétifs du moins ils sont exempt d'alarmes
Ils ne nous ont coûté veilles, regrets ni larmes,
Ils ne nous ont jamais suscité de jaloux,
Ils ne nous ont d'aucun attiré le courroux ;

Comme nos vêtements sans tache est notre gloire ;
Combien dans le triomphe ont trouvé le déboire !

Mais celle qui nous guide au chemin du savoir,
Qui forme notre enfance au travail, au devoir,
Celle dont nos succès sont le but et l'ouvrage
Mérite bien aussi sa part de notre hommage ;
Unissons-nous, mes sœurs ! afin que notre amour
A ses soins dévoués paye un juste retour ;
Que chacune de nous à ses leçons docile
Lui rende désormais sa tâche plus facile
Et quand nous prierons Dieu pour nos parents le soir
De ne pas l'oublier faisons-nous un devoir.

Et vous, parents aimés ! qu'amène la tendresse,
Qui de toute douleur gardez notre jeunesse
Par vos chères enfants soyez cent fois bénis
Pour vos sages leçons, pour vos tendres avis
Par eux si nous avons en ce jour la victoire.
Avec vous nous voulons partager notre gloire ;
Un sourire de vous notre orgueil doublera,
Qui voudrait triompher si vous n'étiez point là ?

Mais si l'une de nous moins sage ou moins heureuse
Se trouvait aujourd'hui parmi nous malheureuse
Et vit par un arrêt justement mérité
Du précieux rameau son front déshérité
Ah ! ne l'accusons point ; déjà sa conscience
L'a puni de ses torts et de sa négligence ;

Loin de désespérer, que l'émulation
S'éveille dans son cœur, que son affliction
Lui soit pour l'avenir une leçon utile;
(A celle qui veut bien toute tâche est facile!)
Notre bonne amitié s'il le faut l'aidera,
De sa mère, un baiser ses larmes séchera.

MA MAISON

Non, mes amis ! non, je ne dois rien être,
Je ne serai même pas adjudant,
Pour tant d'honneur Dieu ne m'a pas fait naître,
Ne plaignez pas mon destin cependant ;
Pauvre de biens, riche de caractère
Je mords gaiement à la boule de son ;
Humble sergent, j'abrite ma misère
Dans le quartier qui nous sert de maison.

J'ai trois chevrons, modeste bénéfice !
Content de peu je vis au jour le jour,
Au fond du cœur n'ayant pas de malice.
Je parle franc et j'aime sans détour ;
Au régiment, je vois tous mes confrères
Venir toucher dans ma main sans façon,
Je suis heureux, car je les crois sincères,
De bons amis est pleine la maison.

L'ambition n'a point blanchi ma tête,
Obscur et seul, qui donc m'aurait aidé ?
Insoucieux je chante, humble poète,
Si je n'ai rien je n'ai rien demandé ;
Vieux serviteur, si le harnais me blesse
Je me console avec une chanson,
Jamais chez moi ne loge la tristesse,
La gaieté seule habite à la maison.

J'ai trois enfants, une épouse fidèle,
Trois enfants beaux et riches de santé,
Dans leurs regards l'avenir étincelle,
Leur bonheur est ma seule vanité ;
Si contre moi, ma femme parfois gronde
Un seul baiser la met à la raison ;
Je vois sourire avec moi tout le monde
Et le bonheur règne dans ma maison.

Mais, à grands pas s'avance ma retraite,
Qui sait alors ou j'irai m'abriter ?
En y songeant parfois je m'inquiète,
Mais à quoi bon d'avance m'attrister ?
Car j'ai la foi qu'un astre tutélaire
Eclairera ma dernière saison
Et loin de vous, amis ! encor j'espère
Voir le bonheur dans une autre maison.

En quelque lieu que ma tente je pose,
Si l'un de vous, un jour, vient à passer
Près de mon toit, qu'il entre et se repose
Que dans mes bras je puisse le presser ;
Si l'on ne voit, au seuil de mon domaine,
Qu'un vert feuillage en guise de blason,
Pour les amis qu'un bon vent me ramène
Close jamais ne sera ma maison.

A SA MAJESTÉ L'EMPEREUR

A L'OCCASION DE SON DÉPART DE FONTAINEBLEAU

3 AOUT 1861

Vox populi, vox dei.

A peine nous avions salué ta venue
    Comblant les vœux de tous,
Que l'heure du départ rapide survenue
    T'emporte loin de nous.

Si la voix de l'Etat, sacrée, impérieuse,
    Te réclame en ce jour,
Nos cœurs te formeront une escorte nombreuse,
    Quel que soit ton séjour.

Moins grand que généreux, ou la Majesté passe
    S'arrête le bienfait ;
On retrouve partout l'ineffaçable trace
    Des heureux qu'elle a fait.

Ainsi que l'Homme-Dieu dans son pélerinage,
    Tu daignes écouter
Du faible ou du puissant la prière ou l'hommage,
    Sans aucun rebuter.

Heureux de soulager la douleur, la détresse
    Tu penses t'élever
Lorsque ta Majesté jusques vers nous se baisse
    Pour mieux nous relever.

Nous te vénérons tous et t'aimons comme un père,
    Et nous prions les cieux
Qu'ils gardent pour veiller la France, notre mère,
    Tes jours si précieux.

Des souverains passés la couronne fut belle
    De gloire, vanité !
Quand sur toutes, la tienne, Empereur ! étincelle
    De sublime bonté.

Le triomphe est bien doux ! si la tâche est aride,
    Car j'entends en tout lieu,
La voix de tes sujets de te bénir avide
    Avec la voix de Dieu.

Notre hommage et nos cœurs à l'épouse si chère
    Et si noble à la fois,
Que le ciel te donna pour rendre moins amère
    La coupe d'or des rois.

Notre amour, à ce fils, précieuse espérance
    De la postérité,
De son père il aura la valeur, la puissance,
    La générosité !

LA PIPE CASSÉE

ÉLÉGIE

—

Eheu mihi ! qualis erat ?

Lorsque soudain l'éclair brille et s'échappe
Avec fracas du nuage ébranlé,
Moins désastreux porte le coup qui frappe
Que le malheur dont je suis accablé,

Elle n'est plus ! ma pipe bien-aimée
Qui pouvait seule occuper mon loisir
Dont j'aspirais l'haleine parfumée
Ne désirant aucun autre plaisir,

Je la fumais, un malencontreux passe
En me heurtant et de son choc surpris
Elle m'échappe, elle tombe et se casse !
Je pleure, hélas ! sur ses tristes débris.

Elle n'est plus, la compagne fidèle
Toujours docile et prête à mes besoins
Pipe si chère, aussi bonne que belle,
Objet constant de mes plus tendres soins !

A son printemps, candide fiancée
Par sa blancheur elle charmait les yeux,
Combien j'aimais et sa taille élancée
Et les contours de ses bords gracieux.

J'avais pu voir de Jaïs un diadème
Sur son beau front (grâce à mes soins) briller,
Par mes baisers j'avais paré de même
Sa gorge blanche avec un noir collier.

J'en étais fier, autant qu'elle était belle,
Car sa beauté me faisait des jaloux ;
Quoi ! tant d'attraits, ô fortune cruelle !
N'ont pu fléchir ton aveugle courroux ?

Comme l'on garde, épave de victoire,
Dans vingt combats un vieux sabre émoussé
J'aimais ses bords ébréchés par la gloire
Et son tuyau dans maint assaut cassé.

De ses appas j'avais eu les prémices,
Je vénérais sa noble vétusté
Je la trouvais encor avec délices,
Toujours pour moi, belle de sa bonté.

Je l'ai perdu ! des pipes ce modèle
Qui seul pouvait mon tabac parfumer,
Son souvenir me trouvera fidèle,
Car pour jamais je renonce à fumer !

Avec grand soin, pipe tant regrettée !
Je veux garder tes débris précieux ;
Les voir, sera dans mon âme attristée
De mes regrets le plaisir douloureux.

J'avais nourri la bien douce espérance
De te garder longtemps, vœux superflus !
Vivre sans toi n'est plus qu'une souffrance !
Adieu ! je t'aime encor quand tu n'es plus.

LES JOURS PASSÉS

SONT TOUJOURS LES PLUS BEAUX

—

Vous souvient-il quelle douleur amère
Vous étreignit au moment des adieux,
Alors qu'enfant vous quittiez votre mère
Pour un Mentor rude et fastidieux ?
(Si l'on moissonne aux champs de la science,
Dans les succès on cueille aussi des maux).
Vous regrettiez votre première enfance ;
Les jours passés sont toujours les plus beaux !

L'adolescent qui cherche une carrière
Doit hésiter devant plus d'un écueil,
Et sous son pied trébuchant chaque pierre
De maint espoir lui fait porter le deuil.
Le cœur navré, comme alors il regrette
Les jours d'étude et ses jeunes rivaux,
Le rameau vert qui couronnait sa tête.
Les jours passés sont toujours les plus beaux !

Le temps s'enfuit sans nous rendre plus sage ;
Des vains plaisirs quand on est dégoûté,
A l'âge mur on se met en ménage,
Croyant atteindre à la félicité ;

Bientôt, hélas ! de nouveau l'on soupire,
On trouve dur l'hymen et ses anneaux,
De ses devoirs on se fait un martyre.
Les jours passés sont toujours les plus beaux !

Tel que le sort un jour fit militaire,
Amèrement gémit de son destin,
Qui, pour gagner un modique salaire,
Fouillait le sol ingrat soir et matin.
Plus de labeur ; on lui donne, au service,
De beaux habits pour ses tristes lambeaux ;
Rien ne lui manque ; il crie : A l'injustice !
Les jours passés sont toujours les plus beaux !

Ce général, au bout de sa carrière,
Peut sûrement narguer tous les besoins ;
Plus de tracas, de manœuvre, de guerre,
Amis, parents l'environnent de soins ;
Est-il heureux ? Au contraire, il regrette
Ses fiers soldats, ses armes, ses chevaux ;
Il ne vit plus, tristement il végète.
Les jours passés sont toujours les plus beaux !

Sous-officier j'atteindrai ma retraite,
Jeune, pourtant aussi j'avais rêvé
Pour mon hiver la brillante épaulette ;
De mes espoirs je n'ai rien conservé !
A mes vingt ans que la vie était belle !
Amour, plaisir, à vos mille flambeaux,
Sans un regret, je me suis brûlé l'aile !
Les jours passés sont toujours les plus beaux !

L'homme, ici-bas, jamais ne se contente ;
Il passe et meurt sans être satisfait ;
Son existence est une longue attente
Entre un espoir stérile, un vain regret,
L'espoir éteint, quand l'âge et la faiblesse
L'ont amené sur le seuil des tombeaux,
Il peut encore sourire à sa jeunesse.
Les jours passés sont toujours les plus beaux !

L'ART DE FUMER

Nymphe de Macouba ! toi qui dans la fumée
Du tabac odorant m'apparais parfumée,
Du mortel, qui toujours suivit tes douces lois,
Guide la faible plume en inspirant la voix ;
Afin que dignement je célèbre et je chante
Les charmes, les vertus de la céleste plante
Dont le culte divin trop longtemps ignoré
Est partout aujourd'hui de chacun vénéré.
Aide de tes conseils ma longue expérience,
Que je puisse enseigner dignement la science
Par laquelle un fumeur sage et consciencieux
De sa pipe peut faire un objet précieux.
Éclaire mon esprit (sans toi que puis-je faire ?
Trop timide est ma voix, mon talent trop vulgaire)
Pour que de tes leçons, fervent admirateur,
Je fasse de tes lois maint et maint sectateur.

Bien des gens au tabac ont déclaré la guerre ;
Un certain gribouilleur, que je lisais naguère,
Prétend qu'il est contraire au travail de l'esprit,
Que toujours un fumeur s'énerve et s'abrutit ;
Il n'a jamais fumé, celui dont la sottise
A le front d'avancer cette absurde bêtise ;
Ce bonheur qu'il n'a pu jamais apprécier,
L'aveugle ! il se permet de le calomnier !

Mais combien d'écrivains, d'orateurs, de grands
                                              [hommes]
Honorent le tabac dans le siècle où nous sommes,
Et combien vous diront que, pendant leurs travaux?
Loin de voiler l'esprit, de troubler leurs cerveaux,
De leur pipe souvent avec amour pressée
Dans les nuages bleus arrive la pensée.
Fumer en écrivant, chère distraction,
Qui dispose votre âme à l'inspiration...
Voyez nos fantassins en un jour de bataille,
Intrépides braver les balles, la mitraille ;
Leur courage à l'épreuve ose narguer la mort,
Rien ne peut arrêter leur fougue, leur transport !
C'est pour leurs dignes chefs une facile gloire,
Avec de tels soldats d'enchaîner la victoire.
Ouvrez leurs havre-sacs, vous trouverez bientôt
Dans chacun une pipe au fort et noir culot,
Dont la seule couleur un long service atteste ;
A-t-il le bras moins fort, a-t-il le pied moins leste
Ce troupier qui toujours au combat préparé,
Dix fois avant le feu sa pipe a savouré,
Et qu'au fond de son sac avec soin il conserve?
Me direz-vous encor que le tabac énerve?
Allons, de bonne foi, confessez votre tort !
Dites que vous vouliez trancher de l'esprit fort.

Le tabac précieux a plus d'un avantage,
Chacun selon son goût peut en fixer l'usage ;
Pour moi, la pipe seule est bonne assurément.
Demandez au chiqueur quel genre d'agrément

Il trouve à mastiquer sous sa dent jaune et noire
Cette herbe à la saveur d'une âcreté notoire,
Qui ne doit inspirer qu'horreur et que dégoût,
Qui salissant la bouche en énerve le goût,
Fait couler au dehors une immonde salive ;
Cependant quelquefois pour garder la gencive
D'un mal par les marins redouté, le scorbut,
La chique peut avoir un avantage, un but,
Comme préservatif. Plaignons la turpitude
De ceux qui de chiquer se font une habitude,
Et laissons ce plaisir au grossier matelot.
Sans regret, quelle femme acceptera pour lot
Un homme qui pétrit une chique constante,
Dont l'haleine est toujours et forte et dégoûtante ?
Malheureux ! il voudra son épouse embrasser,
Il se verra toujours par elle repousser.

Pourtant, ne croyez pas que je blâme ou méprise,
A la pipe, tous ceux qui préfèrent la prise ;
Car le tabac en poudre a bien des qualités
Qui lui valent beaucoup d'éloges mérités ;
Il est trop estimé des gens de haut étage
Pour me permettre ici d'en critiquer l'usage ;
C'est un topique sain contre beaucoup de maux ;
Sa vertu peut chasser de nos faibles cerveaux
La migraine tenace ou les douleurs de tête.
Combien de gens aussi le prennent, lui font fête
Qui ne peuvent fumer, gens auxquels leur emploi
Fait subir à leur nez de la prise la loi,
Tels sont les gens de robe avec les gens d'Église ;

Partout dans le grand monde est en honneur la prise,
A la chambre, à la cour elle étend son pouvoir,
On la voit pénétrer jusque dans un boudoir,
Lorsque de nos salons par l'étiquette exclue
La pipe sans façon humblement court la rue.
Si le tabac en poudre a quelques qualités,
Ses défauts doivent être également cités ;
Des grands et des gros nez c'est toujours l'apanage,
Ceux qui font de la prise un trop constant usage
Émoussent l'odorat qui n'a plus de pouvoir
Obstrué d'un amas de limon sale et noir
Qui dégoutte en tout temps le long de la moustache,
Ou tombe sur l'habit qu'il empeste et qu'il tache,
Si vous n'avez le soin avec votre mouchoir
Sans cesse d'essuyer les bords du réservoir.
On peut bien excuser une vieille harpie
Qui porte au bout du nez une énorme roupie ;
Ses beaux jours sont passés ! Mais je ne comprends pas
Qu'une femme encor jeune, ayant de frais appas,
Qui de la propreté doit se faire une étude,
Sans pudeur, de priser contracte l'habitude !
Telle femme jamais ne pourra me charmer,
J'espère voir un jour le beau sexe fumer.
La prise cependant a trôné sous l'Empire,
Le grand Napoléon prisait ! et c'est tout dire ;
Mais de nos jours déjà son prestige est passé,
Par la pipe on verra son pouvoir surpassé.

Abordons maintenant la frêle cigarette
Que l'on voit s'allonger gracieuse et coquette,

Sous les doigts du fumeur, ne vous y fiez pas !
Car un poison subtil coule sous ses appas,
Et combien sont couchés dans leurs lits funéraires
Que la sirène a fait phthisiques, pulmonaires !
Courte de sa nature, elle dure un moment,
Et pour peu que l'on fume il faut à chaque instant
Du papier, du tabac, ensuite une allumette ;
Encor si l'on pouvait la consumer complète ;
Mais l'a-t-on aspirée à peine quelquefois
Que l'on doit la jeter ou se brûler les doigts.
Et comment pouvez-vous dire qu'elle a des charmes,
Quand sa fumée aux yeux vous fait venir des larmes ?

Le cigare est plus sain, meilleur et plus vanté,
C'est un jeune orgueilleux rempli de vanité,
Qui paraîtrait vouloir à tout honneur prétendre,
Mais qui n'est après tout qu'une légère cendre ;
Image des grandeurs qui brillent ici-bas
Et qu'on voit s'effacer au souffle du trépas.
Le cigare est divin, quoiqu'on en puisse dire,
Le havane odorant produit un saint délire
Au cerveau du fumeur expert, qui lentement
Le savoure avec art, bercé nonchalamment
Dans les bras caressants d'un luxueux voltaire,
Alors que d'un festin son estomac digère
Et les vins et les mets. Pour moi, si mes moyens
Ne me permettent pas d'user de tous ces biens,
Entre le riche et moi si je vois des abîmes,
Je me délecte encor quand pour mes cinq centimes
Je fume un bout tourné, plutôt un bordelais

Que j'ai soin de choisir ni trop dur, ni trop frais,
Pourtant tout compte fait, la pipe je préfère
Étant plus économe, elle est moins éphémère ;
Je laisse le cigare, et ne vous dirai pas
Les vertus du manille et du panatellas,
Car si j'ai quelquefois aspiré leur fumée,
A ces fils d'outre-mer ma filoche est fermée.
Ma pipe je culotte et je m'en trouve bien ;
Votre cigare éteint, que vous reste-t-il ? Rien !

Nymphe de Macouba ! toi qui dans la fumée
Du tabac odorant m'apparais parfumée !
Viens me dire comment l'homme consciencieux
Peut faire d'une pipe un objet précieux ;
Car il ne suffit pas d'emboucher une pipe
Et de fumer sans goût, sans art et sans principe ;
C'est en vain que novice un fumeur effronté,
Croit du tabac divin connaître la bonté ;
Si de l'art de fumer ignorant la science,
De la pipe il n'a point la longue expérience,
Il ne sera jamais qu'un pauvre fumaillon !
De pipes aurait-il un nombreux bataillon,
Il les verra languir dans un coin attristées,
Sans gloire, sans éclat, sans être culottées.

D'une pipe d'abord il faut faire le choix
Avec discernement ; laissez la pipe en bois
Dont le seul mérite est l'avantage futile
D'être bien moins qu'une autre et cassante et débile

Mais qui devient toujours juteuse, amère au goût,
Et que vous jetterez bientôt plein de dégoût;
Je n'aime pas non plus la pipe en porcelaine
Que le blond Alsacien de son rivage amène,
Car son vaste foyer est un gouffre à tabac
Dont la vapeur trop forte attaque l'estomac;
Pour le jeune apprenti qui sans règle encor fume,
Selon moi, la meilleure est la pipe d'écume;
Et quoique dès l'abord du suif elle ait l'odeur
Qui vous porte à la tête et soulève le cœur,
Bientôt elle devient plus douce et supportable,
Un long usage en rend l'haleine délectable;
Mais malgré sa bonté n'en soyez point épris,
Car pour votre pécule elle est d'un trop haut prix.
Il est maint amateur qui se fait une fête
Au bout d'un long tuyau de porter une tête,
Avec des yeux d'émail, un savant, un guerrier,
Qui de blanc devient noir; le bois de merisier.
Pour ce genre est, dit-on, le tuyau préférable
L'odeur qui s'en émane est surtout agréable.
Quand il est imprégné de l'âcre humidité
Qui monte du fourneau savamment culotté;
Je trouve fatigant de porter à ma bouche
Un engin aussi lourd, ce n'est que sur sa couche
Qu'un fumeur étendu tel chibouc doit saisir
Et sans gêne qu'il peut l'aspirer à loisir,
C'est un mode qui sied à l'oisiveté seule.
Gardez-vous de toucher l'indigne brûle-gueule!
Qui peut mettre à sa lèvre un tronçon écourté?
Du tabac précieux insulte à la bonté;
S'en faire une habitude avilit et ravale,

L'impudent voyou seul en use et s'en régale.
Mais je le reconnais, pour le troupier joyeux,
Dans les camps il devient utile, avantageux ;
C'est un fidèle ami, dont la plus grande gloire
Est d'adoucir les maux des fils de la victoire.
Laissons au paysan la pipe de couleur,
Elle est à redouter pour la force et l'odeur
Et ne présente point le puissant avantage
D'offrir à vos regards un brillant culottage.
Celle qu'orne l'émail de ses mille dessins
Ne devra pas non plus paraître dans vos mains,
Car la matière en est, le plus souvent, trop cuite
Et produit aux poumons une amère pituite.
En un mot, gardez-vous avec précaution
De tout ce qui paraît comme innovation ;
Sachez que pour fumer rien n'est bon, salutaire,
Riche de sa blancheur, comme la pipe en terre !

Consciencieusement, votre choix sera fait
Entre Gambier (Paris) ou (Saint-Omer) Fiolet ;
Mais comme avec les noms trop souvent l'on s'abuse,
De la contrefaçon, pour éviter la ruse,
Regardez la couleur : un blanc mat ne vaut rien,
Un jaunâtre reflet n'arrive pas à bien ;
Le premier vous dénote une terre friable
Et le goût du second est en tout détestable.
Vous serez sûr d'avoir première qualité
En prenant une pipe à l'éclat brillanté.
Trop longue, elle devient incommode et gênante,

Sujette aux accidents et partant plus cassante;
Cependant son tuyau sera toujours plus frais;
Trop courte, elle pourra vous brûler le palais.
Un milieu choisissez à votre convenance.

Il faut examiner aussi la contenance
Du foyer : trop étroit, fort difficilement
Vous bourrez votre pipe ; autre désagrément,
Dans son sein le tabac se consume trop vite;
Un fumeur maladroit, seul, la prendra petite,
Si, du tabac encor redoutant la vapeur,
Aspirer trop longtemps lui soulève le cœur.
Un trop vaste fourneau n'est pas plus convenable,
Car si vous allumez l'amas considérable
Du contenu, malgré votre précaution,
Vous n'obtenez jamais pleine combustion;
Vous ne pouvez fumer jusqu'au fond votre pipe.
Le tabac est très cher, et j'admets en principe
Qu'on doit le ménager. Maintenant il vous faut
Voir si votre instrument n'a pas quelque défaut,
Que le tuyau soit droit, bien percé, sans fissure,
La paroi du fourneau sans la moindre gerçure,
Les deux bords bien égaux, nullement écaillés;
Rejetez promptement les foyers éraillés.
Vous avez une pipe en tout point convenable;
Pour qu'elle soit toujours plus propre et présentable,
Vous ferez sagement d'entourer le foyer,
Soit avec de la peau, soit avec du papier;
La peau vaut beaucoup mieux. De cette prévoyance
Je n'eus, je l'avouerai, jamais la patience;
La gardant avec soin de tout évènement,

Ma pipe j'aime à voir culotter lentement ;
Mais pour la conserver jusqu'au bout propre et nette,
Il faut qu'au râtelier chaque fois je la mette,
Après avoir fumé. C'est un point important
D'éviter le contact du tuyau sur la dent,
Car l'effet qu'il produit est fort désagréable
Sur les nerfs ; mais il est encore plus déplorable
Pour la dent, dont l'émail est bientôt attaqué.
Chez combien de fumeurs n'ai-je pas remarqué
De ce funeste abus le terrible ravage,
Facile à prévenir, si vous avez l'usage
De garnir le tuyau, vers son extrémité,
De fil écru, qu'il faut avec solidité
Fixer sur le pourtour ; c'est la seule manière.
Pour cela n'employez aucune autre matière.

Maintenant, du tabac voyons la qualité.
Le tabac de bureau pour la pipe est cité ;
C'est le meilleur de tous et partout on le livre,
Mais il me semble cher, valant cent sous la livre,
Pour le soldat surtout. Plus d'un original
Détracte le tabac nommé de *caporal*.
Je soutiens, à bon droit, qu'il se trompe et s'abuse,
Car depuis fort longtemps que de ce tabac j'use,
Il est, à mon avis, bon et doux à fumer ;
Mais il faut plus de temps, de soins, pour l'allumer,
Étant beaucoup plus gros, et c'est là son seul vice ;
Il culotte aussi bien ; c'est donc une injustice
Que de le mépriser ; pour moi, j'en fais mes frais.
Prenez votre tabac ni trop sec ni trop frais ;

Trop frais, il vous faudra mainte et mainte allumette,
Et trop sec, à brûler votre pipe est sujette.

Vous avez une pipe et du tabac de choix,
Maintenez le tuyau de vos trois derniers doigts
Avec précaution, sans aucune secousse
Saisissez le fourneau, contenu par le pouce
Et le doigt du milieu, de l'index entassez
Le tabac qu'offre alors la main gauche; emplissez,
Ni trop peu, ni trop fort, jusque vers l'orifice.
Le fumeur, dans le Nord, construit un édifice
Sur les bords du foyer seulement; au charbon
Il sait avec adresse allumer ce tampon,
Allumer à la braise est en tout convenable;
Elle donne à la pipe un parfum agréable;
Le tabac brûle mieux. Si vous n'en avez pas,
Papier, chiffon, fétu, tout convient dans ce cas;
Mais gardez-vous alors, de la flamme émanée,
Que votre fourneau soit souillé par la fumée.
Lorsque le combustible est bien incandescent,
Fumez à temps égaux, aspirez doucement.
Si de bons résultats vous prétendez atteindre,
Ne me laissez jamais votre pipe s'éteindre.
Celui qui la vapeur trop fort aspirera
Dès le premier abord sa pipe brûlera,
Il devra la changer. Retenez ce principe
Qu'un beau culot dépend de la première pipe.
Avant de commencer, il est maint amateur
Qui dans le foyer neuf verse un peu de liqueur,
Afin que du tuyau s'épanchant goutte à goutte,

Elle enlève le goût de terre ; je redoute,
Pour de sages raisons, d'user de ce moyen,
Qui fait, à mon avis, plus de mal que de bien ;
Si, lorsque vous fumez, votre pipe est humide,
La chaleur au dehors repousse le liquide,
La terre en prend la teinte ; ainsi n'employez pas
Ce mode qui ne peut que flétrir les appas
De la belle. Il importe aussi, lorsque l'on fume,
Que toujours en entier le tabac se consume ;
Après vous secouez la cendre, un instrument
Vous sert à nettoyer la pipe entièrement.

C'est avec tous ces soins qu'on parvient à bien faire.
Quand vous apercevrez la substance calcaire
La paroi du foyer garnir à l'intérieur,
Fumez, fumez, mon cher, sans craindre le malheur
De brûler votre pipe ; alors le culottage
Apparaîtra léger, chaque jour davantage
La teinte brunira ; le regard satisfait
Avec amour suivra les progrès qu'elle fait,
La pipe deviendra belle autant qu'agréable,
Et tout en aspirant sa vapeur délectable,
De son bien doux usage occupant vos loisirs,
D'un fumeur consommé vous aurez les plaisirs!
Comme d'une beauté l'élégante parure
Rehausse encor les dons d'une riche nature,
Tel un billant culot tracé correctement
Sur la pipe apparaît, gracieux ornement,
Présentant chaque jour à votre œil qu'elle étonne
De plus en plus foncée une noire couronne,
Qui, tranchant la blancheur native du fourneau,

Envahit par degrés la longueur du tuyau,
Et parfumant les sucs trop amers de la plante,
Pars sa simple beauté vous séduit, vous enchante.

Vous désirez savoir quel sera le moment
Où vous pourrez fumer plus convenablement ?
Chacun à cet égard se fait des habitudes.
Vous quitterez la pipe à l'heure des études,
Car si vous n'êtes point un fumeur de talent,
Au travail votre esprit sera lourd, indolent.
Mais la nuit, quand viendra la cruelle insomnie,
A votre aide appelez cette fidèle amie ;
Même si vous voulez, après votre réveil,
De nouveau vous plonger aux ondes du sommeil,
Votre pipe aspirez, ses vapeurs somnifères
Fourniront des pavots à vos lourdes paupières.
Mais c'est, n'en doutez point, après un bon repas
Que la belle a pour nous les plus puissants appas,
Alors que notre sang à l'estomac opère
Son travail précieux, alors que l'on digère.
Béatement assis dans le coin du foyer,
Les pieds sur les chenets, que l'on voit tournoyer
La vapeur du moka s'échappant de la tasse,
Au suave parfum dont s'embaume l'espace.
La pipe vous suivra lorsqu'à l'estaminet
Parfois vous vous rendez ; elle a plus d'un attrait
Quand la bière en flots d'or dans la coupe scintille
Et que sa blonde mousse en débordant pétille.
Quand l'heure du repos aura sonné, le soir,
A votre chère et tendre, il faut dire bonsoir !
Vous sentirez bientôt l'effet de sa puissance,

D'un tranquille sommeil vous donnant l'assurance,
Le hideux cauchemar fuira loin de vos yeux,
Vous n'aurez en dormant que des songes joyeux.
Moi qui ne suis, hélas ! qu'un bien humble poète,
Si quelque sujet neuf me trotte par la tête,
Quand ma pipe est fumée et mon bougeoir éteint,
Par l'inspiration je suis toujours atteint ;
C'est alors que de vers une foule empressée
Viennent de mon cerveau surprendre la pensée
Sans peine et sans effort, la rime en m'endormant
Entre ses bras fleuris me berce doucement,
Et ma plume, au matin, sitôt que je me lève,
Vole sur le papier pour copier mon rêve.

Tout éclat n'a qu'un temps, et dans ce monde-ci
Tout passe : femmes, fleurs et les pipes aussi !
Après avoir été longtemps délicieuse,
La vôtre en vieillissant un jour sera juteuse ;
A regret quittez-la, nettoyez le fourneau,
Passez un fil de fer au travers du tuyau ;
Alors au râtelier vous devez la suspendre,
La laisser reposer ; vous pourrez la reprendre
Et la trouver encor pleine de volupté,
Lorsque le temps aura fait fuir l'humidité
Que la terre contient. Alors qu'une nouvelle
A l'autre succédant, comme l'autre soit belle.
Plus tard, vous en aurez une collection ;
Ces enfants, doux trésor de votre affection,
Reconnaîtront les soins donnés à leur jeunesse,
De leur suave arôme en vous offrant l'ivresse.

Avec un juste orgueil, à d'intimes amis
Qui, près d'eux, au fumoir, se trouveront admis.
Vous pourrez les montrer et dire : C'est moi-même
Qui ceignit leurs fronts blancs de ce noir diadème

Pratiquez avec soin ce que vous avez lu,
Parmi les grands fumeurs vous serez un élu,
Et vous proclamerez que rien n'est salutaire
Et meilleur à fumer que l'humble pipe en terre.

Ouf !... Que je te bénis ! toi qui dans la fumée
Du tabac odorant m'apparais parfumée,
Puisque tant bien que mal, ma plume, pas à pas,
Arrive enfin au but que je ne voyais pas.

LA MUSE V TROIS CHEVRONS

AU LECTEUR

Je vieillis et mon front grisonne,
Les rides ont changé mes traits,
En chevrottant ma voix résonne,
Je n'eus jamais beaucoup d'attraits;
J'ignore l'art de la parure,
Et me plais dans l'obscurité,
Je n'ai que la robe de bure
Que me permet ma pauvreté.

Comment serais-je vaniteuse ?
Tous mes défauts je reconnais
Et je me croyais heureuse,
Lecteur! Si tu les pardonnais;
Souvent je me plais à médire,
Je suis bavarde et mon burin
Aime à rimer une satire;
Pardon! l'âge nous rend malin.

Je pleure, je ris ou je chante,
Je déraisonne quelquefois;
Folle, je ne suis point méchante,
Du caprice je suis les lois.
J'aime mon sort, si la tristesse
Vient me visiter; ici bas
Qui n'a point ses jours de détresse,
Quelle Muse ne pleure pas ?

Humble glaneuse je moissonne,
Quelques épis dans les guérets,
Ils sont bien chétifs, je les donne
Sans ornements et sans apprêts.
De mes sœurs, pour suivre la trace,
Trop timides sont mes accords,
Seule, à pied, du divin Parnasse
J'aime à parcourir les abords,

Je n'ai pour parer ma misère
Que la modeste fleur des champs,
D'autres ont pu dans un parterre
Fleurir et parfumer leur chants;
Vingt ans j'habitai la caserne
Où ne règne guère Apollon,
Je n'eus que l'eau d'une citerne
Pour breuvage au sacré vallon.

FIN.

— 217 —

TABLE DES MATIÈRES

Pages.

Paris, — Imp. Kugelmann.